妻の終活

坂井希久子

祥伝社文庫

目次

第一章　告知

一

明後日(あさって)、病院について来てくれませんか。

妻の杏子(きょうこ)がそう切り出したとき、一ノ瀬廉太郎(いちのせれんたろう)は風呂上がりのふやけた爪(つめ)の欠片(かけら)を、新聞紙の上に飛び散らせていた。

長年患(わずら)っている爪水虫のせいで分厚くなり、もはやニッパー型の爪切りでなければ歯が立たない。杏子はうつるのを嫌がり、グリップタイプのものを使っている。普通の水虫とは違い痒(かゆ)みが出るわけでもなく、若干(じゃっかん)の見た目の悪さはあれど、靴下(くつした)や靴を履(は)いてしまえば分からない。

廉太郎本人には特に困ったことはなく、それに引きかえ治療となれば、病院に通って飲み薬をもらわねばならないという。その手間が億劫(おっくう)で、なおかつ病院にはできるかぎり近づきたくない性分のため、この疾患(しっかん)とは一生つき合ってゆくものと思い決めていた。

そんな夫の病院嫌いを、四十二年もの長きに亘(わた)り連れ添ってきた杏子が知らぬはずがない。ずり落ちてきた老眼鏡を指で押し上げ、廉太郎は軽く舌打ちをする。

「明後日って、平日じゃないか」

縁側の網戸越しに、芳(かんば)しい風が吹き込む初夏の宵(よい)だ。猫の額(ひたい)ほどの庭には、杏子が丹精込めたつる薔薇(ばら)が咲き乱れている。

その庭の片隅で採れたミョウガの酢(す)漬けと枝豆、冷奴(ひややっこ)が座卓に並び、あとはよく冷えたビールが来るのを待つのみだ。ナイター中継の広島東洋(ひろしまとうよう)カープが勝ってくれたら、なにも言うことはない。

今日もいい一日であった。そんな満ち足りた気分に水を差され、廉太郎はもっとも手強(てごわ)い親指の爪を力任(まか)せにばつんと切った。

「そりゃあ、外来は土日がお休みですから」

杏子はなおも食い下がる。夫の苛立(いらだ)ちが伝わらぬはずもないのに、つまみだけを用意して、座卓の向こう側にちょこんと座っている。

「だからなんだって言うんだ。そんな急に、仕事を休めるわけがないだろう」

杏子は虫垂炎(ちゅうすいえん)の手術をして、二週間前に退院していた。明後日の病院というのも、どうせ術後の経過観察だ。

六日の入院期間のうち、廉太郎は嫌々ながらも仕事のあと病院に赴き、土日は釣り仲間からの誘いすら断ってつき添った。その上たかだか術後の診察に、しかも仕事を休んでまでついてこいとは、どういった料簡だ。

「仕事と言ったって、嘱託じゃありませんか」

「いてっ！」

思わぬ妻の口答えに、手元が狂って深爪になった。

衝動に任せ、爪切りを床に叩きつける。新聞紙の中に収まっていた爪が、畳の上に散らばった。

「仕事は仕事だ！　ろくすっぽ働いたことのないお前には分からんだろう。馬鹿にするな！」

今年の冬で七十になる廉太郎は、大学新卒からずっと勤めてきた製菓会社に再雇用され、今も嘱託として働いていた。給料こそ現役時代の半分近くに減ってしまったが、週に五日、春日部の自宅から草加にある本社工場まで通っている。

開発部門にいて八〇年代に大ヒット商品を出した廉太郎には、古希を前にしてもなお会社に必要とされているという自負があった。

「すみませんでした」

夫の子供じみた癇癪に慣れている杏子は、これしきのことではうろたえない。口先ばかりの謝罪を残し、立ち上がる。飛散した爪をかき集めていた廉太郎は、このときの妻の、沈痛な面持ちを見逃がした。

猛烈な腹の痛みにひと晩じゅう耐え、翌日自分でタクシーを呼んで病院に赴き、即入院。手続きも手術に必要なものを買い揃えるのも一人で済ませ、入院中の洗濯すら夫に任せず院内のコインランドリーを使っていた杏子である。廉太郎のしたことといえば、手術の同意書へのサインと、見舞いのときの貧乏ゆすりがうるさいと同室の老婆に怒られたことくらいだった。

「あっ、ちくしょう！」

二回表、ここ一番で打たれた。ショートが飛びつくも届かず、三塁ランナーがホームに戻ってくる。廉太郎は新聞紙を爪ごと丸め、ゴミ箱に放り込んだ。

「母さん、早くビール！」

手も洗わずに枝豆を摑む。

我慢強い妻がなぜ明後日の診察にはついて来てほしいと言ったのか、そのわけを考えもしなかった。

二

春日部から草加までは、東武伊勢崎線でわずか二十分。この交通の便のよさが、定年を迎えたあとも廉太郎が会社に残り続けている理由の一つである。

矢田製菓は廉太郎が生まれた年に、草加の地で米菓の製造販売から始めた会社だ。廉太郎が入社した当初はまだ煎餅やあられが主力商品だったが、日本人の嗜好の変化に合わせて大衆向けからの脱却を図り、洋菓子部門には立ち上げから関わった。

廉太郎が開発した米パフチョコは贈答品の域にまで高めようと、パフを薄く並べ、コーティングのチョコのクオリティーにもこだわったことで爆発的に売れた。今や百貨店を中心に、ロングセラー商品となっている。イチゴ、抹茶、アーモンドなどチョコのバリエーションも増え、もはや贈答品の定番となっていた。

「私は御社とは同い年です。さしずめ双子の兄と弟のようなもの、生涯尽くしてゆく所存です！」

最終面接で寝ずに考えた自己ＰＲを披露して、「知ってる？　今年の大学四年生ほとんどうちと同い年だよ」と笑われたのがまるで昨日のことのようなのに、早いものだ。電車の窓ガラスに映る顔を見て、そう思う。

高校、大学と空手で鍛えたおかげで、歳のわりに骨格はしっかりしているが、肉はあらかた落ちてしまった。剛毛で短髪にするしかなかった頭も六十五を過ぎてから急に薄くなり、ほんのり地肌が透けている。もっとも釣り仲間のガンさんには、「その歳まで髪がもったんなら上出来さね」と笑われてしまったが。

「あの」

扉脇の銀の握り棒に摑まって揺られていたら、目の前に座っていた女性が中腰になった。

「よろしかったら、座ってください」

近ごろはめっきり、席を譲られることも増えた。

大学生だろうか。女性はリクルートスーツらしきものを着ており、足元はヒールである。きっと慣れない服装で疲れていることだろう。男としてはこういうお嬢さんにこそ座っていてほしいものだが、彼女から見れば廉太郎は祖父でもおかしくない歳だった。

「ありがとう」

はじめのころは面食らい、「結構です」と断ってしまったが、その結果、席を譲ろうと立ち上がった側も元のように座るに座れず、厚かましいおばさんに横取りされてずいぶん気まずい思いをした。人の厚意というのは、素直に受け取っておくのが吉である。子連れ夕方五時台の電車は座席こそ埋まっているものの、立っている者はまだ少ない。子連れのお母さん、買い物帰りらしき老夫婦、制服姿の高校生。定時に上がることなどまるでなかった現役時代とは、乗客の顔ぶれまで違っている。終電間際ともなれば皆疲れ果てているか寝ているかで、席を譲る者などいなかった。

今ではクリスマス商戦や年末年始の繁忙期以外に、残業をすることはまずない。最初のころは若者がまだ働いているのを横目に見つつ、「失礼します」と帰ってくるのは気が引けた。だが第一線で働く彼らとは、社会で果たすべき役割がもはや違うのだ。

「一ノ瀬さんには後進の育成に当たっていただきたいんです」と二十近く歳下の社長に言われ、ようやく納得した。

慣れてくると定時上がりとはいいものだ。電車は混まないし、ナイターも見られる。帰ってすぐのひとっ風呂とビールが、なによりの楽しみだった。

春日部駅で、席を譲ってくれた女性に会釈をして降りる。とある人気アニメの舞台が春日部だったとかで、発車メロディーにはそのアニメのオープニング曲が使われている。駅看板にも顔の形が茄子のような園児のキャラクターがあしらわれており、利用者からは好評を得ているらしいが、廉太郎は気に食わなかった。

アニメなど、子供が観るものではないか。それがこんなにも取り沙汰され、町おこしにまで使われるというのは、社会が幼稚な証拠である。しかも件のアニメに教養的な側面はなく、それどころか品性もない。廉太郎は内容を知らず、園児が尻を出して戯れているシーンを目にしたことがあったくらいだが、これは有害と判断し、娘たちには見せるなと杏子に強く言い渡していた。

当時の親たちの間では、同じような反発が少なくなかったはずだ。かつての同僚たちとも休憩中に煙草を吸いながら、「うちの息子も近ごろ喋りかたがおかしくなってしまって、母親を名前で呼ぶんですよ」「なんであんなのが流行るのかねぇ」などと愚痴をこぼし合ったものである。

あれから三十年近く経ち、そんな批判も忘れたか、今や町のシンボルというから驚きだ。必死に働き三十七でマイホームを購入してから住み続けているこの町が、穢されつつある気がしてならなかった。

駅舎を出ると、ぽつぽつと雨が降りはじめていた。駅から家まで、歩くと二十五分はかかる。夜遅くまで働いていたころは考えられなかったが、今では健康のため、よほどの悪天候でないかぎり歩いて帰ることにしていた。

夕方から雨になるそうですよと、家を出る前に杏子が持たせてくれた折り畳み傘が鞄に入っている。靴も革製(かわ)のものではなく合皮だ。この程度の雨ならなんということもない。

いざ、帰らん。

折り畳み傘をぽんと開いた廉太郎の脇を、小柄な男がすり抜けてゆく。

ああ、同じ電車だったのか。

帰りがけにたまに見かける、同年輩の男だった。髪は抜け落ち、右の頰骨(ほおぼね)に大きなシミが浮いているが、いつも着古したスーツを身に着けている。おそらく彼も、定年後に嘱託で働いているのだろう。

男は小雨に気づき、口を開けてどんよりとした空を見上げた。傘がなくても、びしょ濡(ぬ)れになるほどではない。バス停にもタクシー乗り場にも向かわず、そのままふらふらと雨の中に踏み出してゆく。

家は近いのだろうか。今日も一日、お疲れさん。同志に向ける眼差(まなざ)しで、廉太郎は男の背中を見送った。

春日部市内を北西から南東へと横切る古利根(ふるとね)川の向こう側に、自宅はある。駅前の商店街を抜けるとのどかなもので、川沿いの道路は実に見晴らしがいい。橋を渡ってしまうとその先は、古きよき住宅街となっている。

家を買うとき廉太郎は、このあたりに由緒正しげな和風建築が残っているところに目をつけた。古い木造建築が今も現役ということは、その地は災害が少ないのだ。海抜の低い春日部市は、台風やゲリラ豪雨で幾度も冠水の憂き目を見ている。だが廉太郎の読みが当たり、水がこの辺りまで来たことはない。

「どうだ、俺の言ったとおりだろう!」

その度に己の目の確かさを誇示してきたが、妻と二人の娘たちはまともに取り合ってはくれなかった。三十年ローンを組んで安全な城を手に入れたのは、彼女らの平穏を守るためだったというのに。

のみならず廉太郎の好みで純日本風にした家を、長女の美智子は思春期に入って「和室ってダサイ」と毒づくようになり、次女の恵子はなにも言わず自室にお年玉で買ったフローリングマットを敷き詰めた。

そんな娘たちもとっくの昔に家を出て、ローンを完済し終えたと思ったころには杏子と二人。真新しい木の香りがした家も古び、共白髪の夫婦の、終の棲家になろうとしている。

望むことは、もうそれほど多くない。娘と孫たちが元気で、自分たち夫婦もできるかぎり健康で長生きすること。言葉にしたことは一度もないが、いついかなるときも帰る場所でいてくれた杏子には感謝している。

疲労困憊で膝が抜けそうになって帰った夜も、玄関灯のオレンジ色の光を見れば腹の中がぽっと温かくなった。それはまるで灯台のように、廉太郎のいるべき場所を照らしてくれたものだ。

その玄関灯が、今日はどうしたことかついていない。

まだ六時前とはいえ、雨のため辺りはすでに薄暗く、歳を重ねて弱った目には足元の飛び石すらおぼつかない。

なにをしているんだ、あいつは。危ないじゃないか。

常套が崩されたとき、廉太郎が覚えるのは不安よりもまず苛立ちだった。

傘を叩く雨音が次第に大きくなってきた。廉太郎は門を抜け、慎重な足取りで庭を横切る。軒下に入ると鞄から鍵を取り出すのも億劫で、腹立ちまぎれに玄関脇のインターフォンを押し込んだ。

家の中から微かな電子音が聞こえてくる。だがしばらく待ってもそれに応じる声はなく、玄関へ向かってくる足音もしない。

なんだ。もしや眠っているのか？

歳のせいか、近ごろうたた寝の多い杏子である。だが少しの物音でも起きる彼女が、インターフォンに気づかないということはあるまい。

しかたなく鍵を取り出し、玄関の引き戸を開けた。

「おい、帰ったぞ」

己の存在を知らしめるため、声を張り上げる。玄関だけでなく、家中が暗い。廉太郎の呼び声は、虚しく響いて柱や壁紙に吸い込まれていった。

「杏子。おい、杏子！」

彼女と共に暮らして四十余年。なにやらイレギュラーなことが起こっているとようやく気づき、廉太郎は各部屋の襖を開けてゆく。娘たちの使っていた部屋がそのままになっている二階も、風呂場もトイレも覗いてみたが、妻の姿はどこにもなかった。出産時と先日の盲腸での入院。それらを除いて杏子が廉太郎を残し、家を空けたことはない。

まさか、事件や事故に巻き込まれたなんてことは――。

スマホの入った鞄は玄関の上がり框に置いたままだ。慌てて取りに行こうとして襖の敷居に足指をぶつけ、廉太郎は声もなく身悶えた。

「病院に行きますって、今朝も言ったじゃないですか」

電話の向こうから複数の男児の、騒ぎ立てる声がする。ウキャッ、ウキャッと猿の鳴き声のようにしか聞こえないが、時折「それずりぃ！」「マジかよぉ」という言葉が聞き取れるので、辛うじて人である。ついには走り回る足音までして、「うるさい！　ばぁば今電話中だよ！」と、長女美智子の怒声が響いた。

　頭が痛くなりそうな喧騒の只中にあっても、通話相手の杏子は実に落ち着いている。

「今朝？」

「ええ。夕方から雨ですよって傘を渡して、そのあとすぐ」

　出勤前の記憶がぼんやりと蘇ってくる。それに対し、廉太郎は「ああ」と生返事をしたかもしれない。だが忘れていたと認めるのは業腹で、「聞いていない！」と突っぱねた。

「だいたいなんで、美智子の家にいるんだ！」

「それもメールしましたでしょ」

　家族割プランで持たせてやったスマホを、杏子はいつの間にか使いこなしている。なんでも娘や孫たちとは、ＬＩＮＥとやらでやり取りをしているようだ。

　一方の廉太郎はタッチパネルとの相性が悪く、文字の入力すらままならない。杏子が「これ便利ですよ」と勧めてくるアプリも使いかたが分からず、かといって教えてくれと下手に出ることもできなくて、「俺は指が太いから」と嘯いている。ゆえにスマホはただ通話をするためだけの機器となり下がり、めったに弄(いじ)らなくなってしまった。

「そんなものは見ていない！」

「見てくださいよ、送ってるんだから」

呆(あき)れたような妻の声に、神経が逆撫(さかな)でされる。病院にはけっきょく美智子につき添ってもらったこと、誘われるままに駒込(こまごめ)のマンションにお邪魔して、今日はそのまま泊まってゆくつもりであること。ダイニングの椅子に座り、廉太郎は貧乏揺すりをしながら妻の説明を聞き流す。

「それで、何時に帰ってくるんだ？」

「帰りませんよ。泊まるんですから」

「なんだと。俺の飯はどうするんだ！」

「外食するなりコンビニなり、なんなりとあるでしょう」

それならばそうと早く言ってくれれば、帰り道で賄(まかな)うことができたというのに。飲食店は駅前まで戻らねばならないし、コンビニも少し離れている。その上、雨はすでに本降りだ。

こんな中を買い出しに行けと？

十四時過ぎに届いたメールを見ていなかった己の自業自得も忘れ、廉太郎は盛大な溜(た)め息を洩らす。

「店屋物のパンフレットはどこだ？」

「電話台の、引き出しの中ですよ」

携帯電話に頼るようになってからあまり使われなくなった、固定電話の下をまさぐる。出てきたのは数年前に潰れた中華屋の冊子だった。

「なんなら冷凍うどんの買い置きがありますけど」

「そんなもの、どう扱えばいいのか分からん！」

「そうですか？　颯くんはこの間、お昼に月見うどんを作ってくれましたよ」

「なに、美智子のやつ男の子に料理なんかさせているのか」

「上手ですよ」

美智子は今田哲和――未だ手つかず――という狙ったような名前の男と結婚し、小学五年生を筆頭に、三年生、一年生と、男ばかり三人の子供に恵まれた。颯というのは長男で、ちょっとなよっとしたところのある子だ。

いかんいかん。男の子には男らしく、スポーツをさせなさい！

怒鳴りつけようとしたその矢先、甲高い子供の声が割り込んできた。

「ねぇ、ばぁば。まだぁ？」

甘ったるい喋りかたは、末っ子の息吹（いぶき）だろう。ちなみに次男は凪（なぎ）という。颯のあとに凪がきたと思ったら、最後は息吹。廉太郎には理解しがたいセンスである。

「早くぅ。マリカーしようよぉ」

「はいはい。じゃ、呼ばれているので切りますね」

「はっ、まりかぁ？」

やったことはないが、名前くらいは聞き及んでいる。大人気のテレビゲームだ。たしか観光客にカートとコスチュームを貸し出して公道を走らせていた会社が、販売元に訴えられていた。

だがうちには女の子しかいなかったし、杏子はゲーム機になど触れたこともないはずだ。はたして息吹の相手が務まるのか。

「おい、杏子！」

呼びかけたがすでに遅し。通話は切れていた。

美智子の家に泊まる？　なんだ急に。どうしたっていうんだ。

廉太郎には、妻の思惑（おもわく）が分からない。背広が雨を吸ったせいか、体がだんだん冷えてきた。風呂に入りたいが、湯は当然のことながら沸いていない。

襖を開けていればダイニングとひと続きになる居間の、テレビに向かってリモコンを操作する。腹立たしいことに、カープが先制点を取られて負けていた。

「くそっ！」

悪態づくと、ビールが飲みたくなってきた。立ち上がり、冷蔵庫を開ける。ビールとハム、それ以外は調理の必要なものばかりだ。

諦(あきら)めずに戸棚の中を漁(あさ)ってみる。白桃の缶詰を発掘した。

脱いだ背広を椅子の背に掛けて、廉太郎の、侘(わ)びしい晩餐(ばんさん)が始まった。

三

夢うつつに、味噌汁(みそしる)の匂いを嗅いでいた。寒い冬の朝に、それは鼻の先が湿(しめ)るような幸福感を与えてくれる。

そっと揺り起こしてくる、優しい手。まだ少し遠慮がちな、よそ行きの声がする。

「廉太郎さん。起きて、朝ですよ」

霞(かす)む視界に、新妻の杏子の顔が浮かび上がった。整ってはいるが、地味な造りだ。瞼(まぶた)がやや厚ぼったいところがそう感じさせるのだろうか。だが肌は、乳を溶いたように白かった。

「ご飯食べましょ。顔を洗ってきてくださいな」

廉太郎が起き上がると、いそいそと布団を畳みだす。いつから起きていたのか、杏子はうっすらと化粧をしていた。しゃがんだ拍子にむっちりとした尻の形が、木綿のスカート越しに窺えた。

「いや、顔は飯を食ってからでいいよ」

欠伸をしながら廉太郎は腹を掻く。もう夫婦なのだから、取り繕うこともない。

「えっ？」

実家では、皆顔を洗ってから食卓についていたのだろう。杏子は心底びっくりしたというふうに、目を見開いた。

お互いの生活習慣の、すり合わせもままならぬころだった。

廉太郎は目やにをだらしなく貼りつけたまま、ダイニングへと赴く。２ＤＫの小ぢんまりとしたアパートだ。キッチンのおまけ程度のダイニングは、四人掛けのテーブルを置くといっぱいになってしまった。しばらくは二人掛けでいいんじゃないかと言う杏子に、子供ができたあとのことも考えろと主張したのは廉太郎だった。

部屋はあらかじめ石油ストーブで暖められており、強張っていた体の節々がふっと緩む。テーブルセットに座って待っていると、花柄のガス釜から杏子が飯をよそってくれた。湯気を上げる味噌汁と共に供される。

目玉焼きに納豆、ほうれん草のお浸し、蕪の漬物。味噌汁の実はわかめと麩だった。

「ん。味噌汁の出汁、薄くないか？」

「えっ、そうですか」

「うん。湯に味噌を溶いたみたいだ」

新婚当時の杏子は、料理があまりうまくなかった。親元を離れ東京の女子大を卒業した彼女は、結婚するまで埼玉の地銀に勤めており、花嫁修業というものをしてこなかったのだ。

「目玉焼きも、半熟がいいとは言ったけど、箸で突いて流れ出すほど柔らかいのはもう生だ。黄身の周りにだけ火が通っていて、真っ二つに割っても流れ出ないくらいの固さがいいんだよ」

「すみません。やり直します」

「ああ、いいよ。もったいない。ソース取って」

「えっ」

「目玉焼きにはソースだろ」

「はぁ、なるほど」

腑に落ちぬという顔ながら、杏子は冷蔵庫からブルドッグマークのソースを取り出した。食卓に出ていたのは、醤油差しと塩コショウ。ソースは盲点だったらしい。

「まぁいいよ。少しずつ覚えてくれれば」

「はい」

声を立てて笑うことが少ない代わりに、やかましくもない女だった。安アパートのキッチンにはまだ瞬間ガス湯沸かし器がついておらず、水が冷たかったのだろう、白い手の、指先だけが南天の実のように色づいていた。

口の中に、ぱくりと含んでしまいたくなるほどのいじらしさだ。見合い結婚だからお互い熱烈に惚れ合って一緒になったわけではないが、この女を大事にしようと、心に誓った朝だった。

「おい、ワイシャツの替えがない！」

灯油のにおいがするあの日の朝から四十数年、庭先の新緑が眩しい朝に、廉太郎は焦っていた。電話の呼び出し音が止まると相手の「もしもし」も待たず、一方的にまくし立てた。

「最後の一枚の、第五ボタンがさっき弾け飛んでしまった！」

杏子が美智子のマンションに行ってから、なんと四日も経っている。泊まるといっても一泊だけと思っていたのに、いっこうに帰ってこない。さしもの廉太郎も二日目が終わるころには、杏子がなにやら臍(へそ)を曲げているらしいと気がついた。

だとしたら原因は、病院について行かなかったことか。馬鹿らしい、付き添いの必要な子供でもあるまいに。それしきのことで強硬策に打って出るとは、どうかしている。

廉太郎と杏子は、喧嘩(けんか)のない夫婦だった。意見が対立したとしても廉太郎が口答えを許さなかったので、喧嘩に発展しなかったといえる。杏子は決して我を通さず、廉太郎の思うに任せてくれた。

それがなんだ。この歳になって家出だと？　不満があるならそんな姑息(こそく)な真似(まね)をせず、はっきりと口で言えばいいんだ。

自己矛盾に気づかず廉太郎はすっかり腹を立て、そっちがその気ならもう知らん！　と放ったらかしておくことにした。ほとぼりが冷めればどうせ、「すみませんでした」と帰ってくるのだ。

この家の他に、杏子の居場所はない。子供のいる美智子のマンションは手狭(てぜま)だし、実兄が継いだ茨城の実家はその息子の代になっている。次女の恵子はいまだ独身ながら転勤で大阪におり、一人で新幹線に乗ったこともない杏子にはハードルが高かろう。

こちらから連絡を取らずにいたら、不安になって謝ってくるに違いない。そのときは、一度は「許さん」と突っぱねてやろうか。さらに謝ってきたら、「しょうがない」と受け入れてやってもいい。

などと算段していたのに、朝の身支度をしながらうっかりくしゃみをしたところ、ワイシャツのボタンが一つ弾け飛んでしまった。

手持ちのワイシャツは五枚。一枚は杏子が洗濯したまま、まだアイロンがかけられておらず、三枚は汚れものを溜めた洗濯かごに突っ込まれている。だからこれが最後の一枚なのだ。

杏子さえいれば、着られるワイシャツが一枚もないという事態には陥らないのに、なぜこんな瑣末事で頭を悩ませなければいけないのか。それもこれも、杏子が家にいないのが悪い！

そう結論づけるともうたまらずに、スマホを手に取っていた。

「落ち着いてください、土曜日ですよ」

「はん？」

廉太郎は顔を上げ、食器棚の横に貼られたカレンダーを窺う。杏子は過ぎし日にバツをつけるタイプで、それが四日前の火曜日で止まっている。

「そうだっけか」

「そうですよ、そそっかしい」

杏子がいないと曜日も分からないとは、我ながら情けない。顔が見えないのをいいことに、廉太郎は気まずく頬を掻く。平日の朝食は和食、休日はパン。長い共同生活の中で自然と培（つちか）われていったルーティンが崩れると、時間軸すらあやふやになる。

なにを拗（す）ねているのか知らないが、たまにはこちらから折れて、帰ってきてもらおうか。やっぱり俺は、一人じゃダメだ。

そんなふうに心が柔らかくなったとき、杏子が愛想もなく言い放った。

「だいたいボタンが取れたくらいなら、縫（ぬ）いつければいいじゃありませんか」

廉太郎は驚愕（きょうがく）した。この女は、俺が針と糸を扱っているのを見たことがあるのか。あるはずがない。だって、一度も手にしたことがないのだから。

「そんなもの、できるはずがないだろう」

「あらあら。今は、男の子でも家庭科でやるんですけどねぇ」

「なんだ、馬鹿にしているのか」

たかだか裁縫（さいほう）だ。そんなもの、習えば誰にだってできる。あくまで必要がないからしてこなかった。それだけのことじゃないか。

「めっそうもない。ただ、困ったなと思っただけで」

「なにを困るんだ、なにを！」

近ごろ、杏子がやけに突っかかってくる。この感じは、そうだ更年期のとき以来だ。あれはたしか、五十手前ごろのこと。杏子は廉太郎の言葉尻を捕えては、言いがかりをつけてきた。

たとえばテレビを観ていて「この子綺麗だな」と新人女優を褒めると、「すみません、綺麗でも若くもなくて」と埒もないことを言う。そういった自虐混じりの厭味が続き、廉太郎がついに「なんなんだ！」と声を荒らげたところ、「ごめんなさい。更年期なんです」と白状した。

女の更年期というのは、男には理解しがたいものがある。長年愛妻弁当を持たされていた会社の先輩が昼休みに外へ食べに出るようになり、「喧嘩ですか？」と尋ねると、「いや、連れが更年期なんだよ」と返ってきたことがあった。

「なんだか汗が止まらないし、世界が回るとか言って、ずっと寝てんだ。なんせまぁもうすぐ女でなくなるんだから、体に変化も出るだろうさ」

更年期障害とは、閉経の前後に起こるものだという。「もうすぐ女でなくなる」とは、言い得て妙だとそのとき思った。

たとえば幼虫がサナギを経て蝶(ちょう)になるときは、体を一度ドロドロに溶かしてしまうそうだ。女から、男でも女でもないなにかに変化するのであれば、体のどこかしらに不具合が生じても不思議はない。

とはいえ杏子の更年期は、一日中寝ていなければならないというほどではなかった。症状にも個人差があるらしい。杏子の場合は体の不調というよりも、精神面で苛々しやすくなっていた。

ふと思いつき、問いかけてみる。

「もしかして、また更年期か?」

「そんなはずないでしょう。いくつだと思っているんですか」

杏子は廉太郎より二つ下で、今年六十八になる。女でなくなってから、すでに二十年ほど。生まれたばかりの子供が成人するだけの月日を過ごしてきたのなら、次の段階にステップアップしてもおかしくはない。

そう思ったのだが、違ったようだ。

「知るか、そんなもの!」

「そうですか。私の歳になんか興味はないですね」

廉太郎は加齢による女の体の変化について「知るか」と言ったつもりだったが、杏子は会話の流れで別の意味に捉(とら)えてしまった。

まったく、こいつときたら。一人で誤解して、一人で拗ねる。二十年前からなんの成長もないじゃないか。

「ああ、当然だ。節分の豆で腹が膨(ふく)れるような歳の数を、いちいち覚えていられるか」

売り言葉に買い言葉。言うだけ言って、廉太郎は勢い任せに通話を切った。

切ってから、「あ」と後悔の声を上げる。

スマホを左手に握ったまま、安アパートに暮らしていたときの倍はあるダイニングキッチンを眺め回した。

もし今ここに人を入れたなら、空き巣にでも入られたのかと勘違いされるだろう。戸棚の備蓄は洗いざらい引き出され、シンクには缶詰の空き缶、使用済みの箸やフォーク、汁が残ったままのカップラーメンの容器などが無造作に突っ込まれている。

途中で割り箸を使えば洗わなくていいと気づき、テーブルの上には汚れた割り箸が幾本か。コンビニ弁当の容器の中では、食べ残しのポテトサラダが奇妙な色の汁を分泌している。歩くとパンの空袋が、足元に纏(まと)わりついてきた。

着るものを探して箪笥(たんす)をひっくり返したため和室も同様に荒れており、汚れものは洗濯かごに入りきらず雪崩(なだれ)を起こしている。風呂の湯は、もったいないので沸かし直して三日入った。見たところわずかに白濁しているだけなので、今夜もこれに入ろうと思う。

　杏子が入院していた六日間と、同じような有り様だ。こうなることは分かっていたはずなのに、どうしてあいつは帰ってきてくれないんだろう。

　しょぼくれながら、廉太郎はボタンの飛んだワイシャツを脱ぐ。まだ汚れていないから洗う必要はあるまいと考えて、畳みもせずそれを居間の床に放り投げた。

四

　まるで絵の具のチューブから出した青を、そのままベタ塗りにしたような空だった。絵画教室ならば、たぶん先生から指導が入る。だが一年のうち一日か二日は、嘘みたいに空が青くて遠近感が馬鹿になるような日がある。

　さて、ぽっかりと降って湧いたような休日を、どうやって過ごしたものか。自宅で取っている新聞に隅から隅まで目を通し、なにもやることがなくなってしまった廉太郎は、散歩がてら買い物に出ることにした。

　ついでに昼飯も外で食べてしまおう。買ったものを家で食べると、あたりまえだがゴミが出る。それを考えると、外食というのは効率がいい。ちょっとくらい値が張っても、材料費に加え調理の技術費、それに後片づけの手間賃まで含まれていると考えれば、むしろお得かもしれなかった。

遮るものがなにもない古利根川沿いの道は陽射しが強く、歩いているうちにじっとりと汗ばんでくる。帽子を被ってくればよかったと悔みつつゆけば、川岸に群生する葦をかき分けて、釣り糸を垂れている若造がいた。

廉太郎から見ての若造なので、おそらく四十は超えている。仕掛けからして、狙っているのはバスだろう。廉太郎は足を止め、歩道の柵にもたれて釣り人を見守りはじめた。

若造のルアーはスピナーベイト。金属のブレードと、小魚を模したヘッドにひらひらのスカートを穿かせたものがついている。このブレードの回転でバスをおびき寄せて釣るのである。

使いかたはキャストしてから、ひたすらリールを巻き取ってゆくだけ。簡単なようだが、巻きかたにもいくつかのテクニックがある。

若造はまだ初心者らしい。道具に使用感がないし、手持ちのルアーも少ないようだ。水面直下を早引きしてゆくガーグリングという手法を用いているが、ブレードが時折水面から飛び出してくる。

「ああ、それじゃダメだ。波紋を残すように引いてこないと、バスが食ってくれんよ」

見ているだけではもどかしく、つい口を出してしまった。

「だいたいマズメでもあるまいに、ガーグリングじゃ分（ぶ）が悪い。スローローリングでいいんじゃないか」

マズメとは夜明け前や日没前後の、薄明のころをいう。魚が活発に餌（えさ）を取る時間帯なのでバスも水面を気にしており、波紋を作るガーグリングは有効だ。だがスピナーベイトの本領は、沈む特性を活かして任意のレンジ（深さ）まで沈めて引けるところにある。廉太郎は若造に、基本的な手法を提案してみた。

「うるせぇんだよ、ロウガイが」

なにを言われたのか、はじめはまるで分からなかった。聞き間違いかとすら思った。

若造は、依然背中を向けたまま。独り言のような呟（つぶや）きを洩らしたっきり、リールを巻き続けている。

相手が老人だから聞こえないとでも思ったか。それともわざと聞こえるように言ったのか。おそらく後者だろうと気づき、もたれていた柵をぐっと握った。

年長者の意見を昔の人は知恵と呼んだが、今の若者は「害」と切り捨てる。この国の経済を、今まで誰が支えてきたと思っているんだ。デタラメのように沸き立っていたバブル期も、それがまさしく泡と弾け飛んだときも、身を粉にして働いてきたのは我々だ。いいときも、悪いときも知っている。そんな人生の先輩に、なぜお前たちは耳を貸さない。

若造は見たところ、廉太郎の子供世代だ。

ちくしょう。本当に俺の息子ならぶん殴ってやるのに。

無意識に腕の太さを見比べて、胸の内だけで悪態をつく。二十年前なら取っ組み合っても勝てただろうに、全盛期の半分ほどに萎(しぼ)んでしまった筋肉では心許ない。

「老いか――」

ぽつりと口をついて出た呟きに、自分で驚く。俺はもう、年寄りなのか？

知力も体力も、そりゃあ若いころには及ぶべくもない。だが還暦を迎えてもまだやれる、まだまだ若いと己を鼓舞(こぶ)し、ふと気づけば十年目。足取りは緩やかになったかもしれないが、それでも廉太郎なりに懸命に走ってきた。

そうやって頑張ってきたのは少なくとも、こんな若造に馬鹿にされるためじゃあない。

では、なんのために？

子供たちはとっくに独立した。週五で働いても月給は現役時代のほぼ半分で、しかも給料を得ていることにより、本来もらえるはずの年金のうち毎月幾許(いくばく)かの額が支給を停止されている。

歯を食いしばって頑張れば実になった、そんな時代は過ぎたのだ。

ところがまだ体は動く。目と耳は若干弱くなったが、頭はずいぶんしっかりしている。八十か九十か、いくつまで生きるか自分でも分からないが、なにもせずただ生きるには「老後」は長すぎる。

廉太郎は柵から手を離し、足を引きずるようにして歩きはじめた。川辺から離れるごとに、むせ返るような新緑のにおいが遠ざかってゆく。

浮かない気分のまま、買い物と少し遅めの昼食を終えた。大相撲中継の流れる蕎麦屋（そば）で手繰（たぐ）った蕎麦は、胃の中にうまく落ち着かず、あまり食べた気がしなかった。

駅前から自宅までの道のりが、ひどく遠い。帰宅してもあの荒れた家に一人。玄関を開けると「ただいま」と言ってしまう習慣を、今ほど虚（むな）しいと思ったことはない。

誰か呼ぼうにも釣り仲間のガンさんは奥秩父（おくちちぶ）でヤマメを狙うと言っていたし、現役時代の友人は皆先にリタイアして、すっかり疎遠になってしまった。若造がいた川辺の道を避（さ）けながら、家を目指すより他に術（すべ）がない。

もしかすると居場所がないのは杏子ではなく、廉太郎なのかもしれなかった。

「あ、しまった」

自宅の黒い瓦（かわら）屋根が見えてきたところで、舌打ちをする。今夜の飯を買い忘れた。

コンビニまで引き返そうか。いや、それとて十分は歩かねばならない。

数年前の台風のあと、「やっぱりここまでは水が来なかったな」と鼻を高くしていたら、「買い物ができるところまで、もう少し近いといいんですけどねぇ」と、杏子が零していたのを思い出す。

誇らしい気分に水を差され、そのときはむかっ腹が立ったが、そういえば杏子は買い物をどうしていたのだろう。液体の調味料や米を買えば、それなりの重さになる。若いころならまだしも、老いた腕にはきつかろう。

そんなことを、これまで考えもしなかった己に愕然とする。ついでに食欲も失せ、晩飯を買うのは諦めることにした。杏子が言っていた冷凍のうどん、あれを湯にぶちこんで醬油をかければ、食べられなくはないだろう。

玄関の引き戸の前に立ち、ズボンのポケットから鍵を取り出す。

「ん?」

鍵を差し込み、たしかに回したはずなのに、取っ手を引くと抵抗があった。

まさか、開けっ放しで出てしまったのか?

額から血の気が引いてゆく。治安のいい地域とはいえ、さすがに鍵をかけずに外出したことはない。こんなうっかりをやらかしてしまうとは、いよいよ俺も惚けてきたかと不安が襲う。

もう一度鍵を回し、引き戸を開けて廉太郎は、はっと体を強張らせた。

タイル張りの三和土(たたき)に、女物の靴が二足並んでいる。

サイドがゴムになっており、脱ぎ履きのしやすいスリッポンは杏子のものだ。もう一足のスニーカーには見覚えがない。

「あっ、やっと帰ってきた！」

玄関の開く音を聞きつけて、こちらに向かってくる足音がする。若いころの、杏子の声によく似ている。

「もーっ、なにやってたのお父さん。出かけるならスマホくらい持って行きなよ」

三人目を産んでから、すっかり太ってしまった美智子だ。正月に会ったときよりさらに、頬がぱつんと張っている。

「あとさぁ、最近ちょっと暑いんだから、ゴミ捨てくらいちゃんとしなよ。家入った瞬間臭くて死ぬかと思ったよ」

口うるさいのは相変わらず。どうしてこいつが家にいるのか。杏子とはよく行き来しているようだが、廉太郎が在宅のときにはめったに寄りつかない。

「お前、また肥(こ)えたな」

靴を脱ぎながら、挨拶(あいさつ)代わりにそう言った。美智子が「はぁっ?」と、脳天に突き抜けるような声を出す。

「そういうところ。そういうところよ、お父さん! なんで会ってすぐそんなことが言えるわけ。ほんっと腹立つんだけど!」

この娘は感情的で、騒がしい。相手にせずダイニングに向かうが、後ろからついてきて喚(わめ)いている。

出かけるときは散らかっていた流しも、戸棚もテーブルも、元通りに片づけられ、どこかよそよそしくさえあった。

綺麗に磨き上げられたテーブルには、湯呑(ゆの)みが二つ。椅子に腰掛けていた杏子がこちらを振り返る。

「あら、お帰りなさい」

それはこっちの台詞(セリフ)だ、馬鹿野郎。

廉太郎は口をへの字に曲げ、「ん」とだけ返事をした。

「やだお母さん。お父さんったら、ワイシャツ買ってきちゃってるよ!」

廉太郎が床に置いた袋の中身を覗き込み、美智子が騒ぎ立てている。脱衣所からは洗濯機の回る音がしており、どうやら無駄な出費になってしまったようだ。アイロンがけをしていなかったワイシャツも、ボタンが飛んでしまったワイシャツも、おそらくもう着用可能になっている。

「お茶、淹(い)れましょうか」

「ああ」

　杏子は廉太郎に出がらしの茶は出さない。急須の茶葉を入れ替えて、湯冷ましした湯を注ぐ。ペットボトルのお茶では味わえない、爽(さわ)やかな香気が立ち昇る。

「どうぞ」

　涼しげな顔をして、湯呑みを差し出してくる。なぜ帰ってこなかったのかと問い詰めたいのに、喉元(のどもと)で渋滞して言葉が出ない。廉太郎は「ん」とだけ返して茶を啜(すす)った。

「美智子、子供たちはどうしたんだ」

　新茶の香りを味わってから、比較的軽い話題を娘に振る。

「テツくんが見てくれてるよ」

「せっかくの休みの日にか。可哀想じゃないか」

「あのね。それを言いだしたら私は休みもなく子供を見てるんですけど」

　専業主婦で楽をさせてもらっているくせに、美智子の夫に対する態度はでかい。休みの日は廉太郎をたっぷり寝かせてやろうと、娘たちを連れて公園に出かけていた杏子とは大違いだ。美智子も二人目を産むまではフルタイムで働いていたはずなのに、気遣いがまったくなっていない。だいいち亭主を「テツくん」呼ばわりするのも気に食わない。

そういった不満がぎゅっと圧縮されて、口をついた。

「お前、なんでいるんだ」

「はーっ、ほんっと失礼。お母さんのために来たに決まってるじゃない」

「母さんの？」

ますます解(げ)せない。杏子に目を遣(や)ると、自分の湯呑みを両手で包み、なぜか顔を伏せている。

「お母さん、自分で言える？」

美智子になにやら促(うなが)されても、ぴくりとも動かない。

「じゃあいいのね。私が言っちゃうよ」

廉太郎は娘と妻を見比べる。なぜだか分からないが、嫌な予感がする。

「お母さんね、この間盲腸の手術をしたでしょう」

そんなことは、確認されるまでもなく知っている。だが返事をしないと話が先に進みそうになく、廉太郎は「ああ」と頷(うなず)いた。

「あれね、調べてみたらがんだったって」

「がん？」

一瞬頭に浮かんだのは、釣り仲間ガンさんの、よく日に焼けた四角い顔だ。

がん、ガン、癌？

タイムラグを置いて該当する漢字に思い当たり、心臓がどくりと跳ねた。

「播種の状態だって。いろんなところに飛び散っちゃってて、もうね、取れないんだって」

説明する美智子の声が、水でふやけたようになってゆく。唇を震わせて耐えてはいるが、目の縁に涙が盛り上がる。

娘にこれ以上の負担をかけてはいけないと思ったのか、杏子がすっと顔を上げた。美智子とは対照的に、落ち着いた目をしている。

「すみません。もう助からないそうです」

廉太郎は混乱していた。信じがたい情報の渦に飲み込まれ、揺さぶられ、胸が悪くなってきた。健康診断の採血のあとのように、瞼の裏がチカチカする。

助からない？　がん？　どういうことだ。ちょっと待て、待ってくれ。

「――聞いてない」

「あたりまえでしょう！」

美智子が堪えていた感情を、涙と共に爆発させた。

「だって、病院について行かなかったんだから！」

あれか。杏子が病院について来てくれと言っていたのは、ただの経過観察ではなかったのか。

「そんな用事だったとは、知らなかった」

「それでもお母さんがわざわざついて来てほしいって言うんだから、ただごとじゃないって分かるでしょう？」

だいたいお父さんはいつもそう。小学校の運動会のときだって——。と美智子が喚き立てているが、もはや耳に入らない。廉太郎は杏子を見た。まるで初めて会ったとでもいうように、まじまじと見た。

「お前、死ぬのか？」

「お父さん！」

美智子が金切り声を上げる。だが杏子は「なんて顔してるんですか」とでも言いたげに、頬を緩めた。

「ええ、そのようです」

「どのくらい？」

「もって一年と言われました」

廉太郎の言葉足らずも、長年のつき合いで杏子は察する。

一年？　もしかすると来年の新茶は、一緒に飲めないかもしれないのか。

そんなことは、考えたこともなかった。二人同時に事故にでも遭(あ)わないかぎり、どちらかが先に逝(い)くのは分かっていた。そしてそれはおそらく、自分だとも。一般的に女性のほうが長生きだし、杏子は廉太郎より若いのだ。

湯呑みに目を落とすと、皮肉なことに茶柱が立っている。運命に嘲笑(あざわら)われているかのようで、廉太郎は立ち上がって流しに茶を捨てた。

夫の唐突な行動にも驚かず、杏子は静かに座っている。美智子は箍(たが)が外れたように泣きじゃくっている。

「いきなりだよね、あんまりだよね」

呼吸困難のように喘(あえ)ぎつつ、美智子は必死に言葉を紡(つむ)いだ。

「だからお願い、もうお母さんを解放してあげて」

第二章　斜陽

一

雨だれがガラス窓に模様を作っている。

上から流れてきた水滴が、他の粒をも巻き込んで、つるつるつると流れてゆく。

窓の外には隅田川(すみだ)。その向こうに豊洲(とよす)の高層マンション群がうちけぶり、まるで墓標のようである。

なんだ、縁起でもない。

廉太郎は頭(かぶり)を振り、不謹慎な連想を追い払う。薬臭い廊下で長く待たされているものだから、脳が退屈しているに違いない。それなのに家から持ってきたクロスワードパズル集は、いっこうに埋まる気配がなかった。

このぶんじゃ、こいつも気が気じゃないだろう。

そう思い、長椅子の隣(となり)に座る妻を盗み見る。杏子は静かに、時代小説の文庫本に目を落としている。

こんな状況で、読書に集中できるのだろうか。しばらく様子を窺（うかが）ってみると、杏子は一定のペースでページをめくっており、たしかに読んでいるらしい。

よくもまぁ、そんなに落ち着いていられるものだ。

杏子のさらに隣に座る長女の美智子は、自分では気づいていないのだろうが、スマホを見ながらずっと貧乏ゆすりをしている。

不安と苛立ち。自分と同種の感情を娘に見てああはなるまいと、廉太郎は老眼鏡を外し、いったん目頭を揉（も）んだ。

セカンドオピニオンを受けよう。

もはや打つ手がないと診断された杏子に、提案したのは廉太郎である。聞けば虫垂がんというのはがんの中でも珍しく、杏子が通っていた春日部の総合病院では症例がないという。

こういうときは、東京だ。東京ならばがんを専門に扱うトップレベルの病院があり、症例も豊富なはず。杏子の治療法も、必ず見つかるに違いない。

そう踏んで、担当医に紹介状を書いてもらった。築地（つきじ）の国立病院である。

それからさらに一ヵ月以上も待たされて、この間に症状が進んでしまったらどうするんだと腹が立った。もはや梅雨（つゆ）の真っ只中。がん細胞もまた黴（かび）のように、杏子の体をじわじわと蝕（むしば）んでいるのではなかろうか。

いても立ってもいられないが、かといってどうすることもできず、廉太郎はこの四十日ほどを不機嫌に過ごした。杏子が話しかけてきても、「ああ」とか「ん」と短く答えるのみ。通勤電車で見知らぬ女性のヒールに足を踏まれたときは、「痛いだろう！」と怒鳴りつけてしまった。眠れずに、酒に頼る夜も増えている。

長かった。だがこの頭の中のもやもやは、今日ようやく晴れるのだ。

春日部から、電車に揺られること一時間余り。紹介された病院の外観はまるで高層ホテルのように立派で、期待はいやが上にも高まった。きっとものすごい名医がいて、「大丈夫、奥さんは助かりますよ」と言ってくれる。そんな結果ばかりを想像した。

まさか杏子が、俺の妻が死ぬはずない。だってこんなにもあたりまえに、隣に座っているじゃないか。皺（しわ）だった手で、文庫本のページをめくっている。

新婚のころの、みずみずしい手と比べると積年の感がある。廉太郎も杏子も、歳を取った。しかしまだ、永遠の別れを受け入れられるほどではない。

げんに杏子は、裸眼で本を読んでいる。体が弱っていない証拠だ。

「お母さん、着いたって」

スマホに連絡があったのだろう、美智子が杏子の肩を叩く。廉太郎には決して声をかけてこない。今なお冷戦下にあるからだ。

「もうお母さんを解放してあげて」と、実の父をまるで人さらいのように扱ったことは、まだ許していなかった。

「解放とはなんだ、解放とは！」

あのとき廉太郎は、湿っぽい気分も忘れてダイニングセットの椅子を蹴って立ち上がった。歳を取って丸くなったと思ってはいるが、美智子の態度は血の気が多かったころを思い出させる。長女が十代だったころは、しょっちゅう言い合いになっていた。床に座ってぐずぐずと泣いていた美智子の目も、反抗期のように鋭く尖る。

「なんで自覚がないの。お父さんはずっと、お母さんの人生を搾取してきたんじゃない！」

「搾取？　なにが搾取だ。俺がどんな思いで家族を養ってきたと思ってる！」

「じゃあお母さんがどんな思いで家庭を守ってきたか、分かってんの？」

ああ言えばこう言うだ。勉強はできなかったくせに、舌だけはよく回る。

「あたりまえだ、妻の領分だからな」

「妻？　それって家政婦のことですかぁ」

「なんだと！」

牽制の意味を込めて、廉太郎は一歩間合いを詰める。口では敵わないから、美智子にはつい手が出そうになる。七十目前でも、並の女よりは力があるのだ。

「家ではなんにもせず、面倒ばっかかけて。お母さんは、お父さんの世話係じゃないんだよ！」

「こいつ！」

腹が立つのは、図星を指されたからだと分かっている。だが頭に上ってしまった血は、簡単には下りてこない。

美智子もまた視野が狭まっており、廉太郎が手を振り上げたところで怯まなかった。

「本当はお母さん、結婚せずに仕事を続けたかったんだからね！」

だめだもう、振り上げた手の引っ込みがつかない。肉づきのいい美智子の頬に、振り下ろしてしまわないかぎりは。

ピピピピピー！

突然の耳障りな高音に、心臓が止まるかと思った。杏子が椅子に座ったまま、ホイッスルを吹いていた。

「二人とも、いい加減にしてちょうだい」

驚いたおかげで、手は体の横に下りていた。内心ほっとしたが、「びっくりするじゃないか！」と負け惜しみのように悪態をついた。

「ふふ、いいでしょう。息吹くんが『あげる』ってくれたんです。なにかのおまけだったんですって」

息吹は美智子のところの三男坊だ。ホイッスルはピンク色で、女の子向けのアニメ絵がついている。いらなかったから押しつけただけだろうに、「あげる」とは恩着せがましい。

「まったく。そういうところが末っ子だ。なぁ、美智子！」

さっきはいささか熱くなりすぎた。反省はしているが、お前も言いすぎたんだから、このへんで手打ちにしておこうじゃないか。そんな意味を込めて、わざとらしく呼びかける。

だが美智子はなにも答えず、ぷいとそっぽを向いてしまった。

なんだ、その態度は。

収まりかけていた怒りが再燃する。そっちがその気なら、こっちだって歩み寄ってやるものか！

それ以来の、冷戦状態であった。

全体的に白い病院の廊下を、黒の塊（かたまり）が近づいてくる。

黒縁眼鏡（めがね）、黒のシャツ、黒のズボン、黒のローファー。顎先（あごさき）で切り揃えられた髪も、墨で塗ったようにべたりと黒い。

「恵子、こっち！」

あちらはもう廉太郎たちに気づいているだろうに、美智子がわざわざ手を上げた。

次女の恵子である。長女とは対照的に、ちゃんと飯を食っているのかと疑うほど細い。

相変わらず、男っ気がなさそうだ。

「ごめん、タクシー乗ったら道が混んでた。診察もう終わっちゃった？」

「ううん。こっちも遅れてるみたい」

美智子が横にずれて、母親の隣に妹を座らせる。

会うのは半年ぶりである。杏子は文庫本を膝に置き、もう決して若いとは言えない娘の手を握った。

「平日なのに、わざわざごめんねぇ。あなた忙しいのに」

「そんなこと。有休全然消化できてなかったから、問題ないよ」

恵子はＩＴ関連企業の、何度聞いても覚えられない横文字の部署で働いている。

大阪から来てうちに一泊する予定のわりに、通勤用らしき黒のバッグ一つという荷物の少なさ。この娘には、女らしさも愛想もない。

「お父さんも、久しぶり」

「ああ。元気だったか」

「ん、まぁね」

それでも口うるさい美智子よりは、冷静な恵子のほうが接しやすい。

家族が全員揃ったところで、「一ノ瀬さん、どうぞ」と診察室から声がかかった。

二

廉太郎は膝の上で拳を握る。

吸う息がうまく肺に落ちてこず、胸が苦しい。

周りを見回す余裕はないが、娘たちもおそらく似た状況だろう。

正面に座る白衣の男の名札には、大腸外科長の肩書きが見える。つまりこの科で一番偉い人に診てもらえるのだ。よかった、ついている。

と思ったのも束の間（つかのま）。ぞろぞろと診察室に入ってきた四人家族が席に着くと、歳のわりに（と言っても廉太郎よりずいぶん若いが）肌艶のいい大腸外科長は、紹介状と杏子の顔を見比べて「虫垂がんね」と呟いた。

それからまるで、天気の話でもするかのように切り出したのである。

「率直に結論から言います。現在の医療では、一ノ瀬さんを助けることは困難です」

ヒュッ、と喉の鳴る音が聞こえたのは、美智子だろうか。いやもしかしたら、廉太郎自身かもしれなかった。

「結論は、せめて検査をしてから出してくれませんか」

重苦しい沈黙を破ったのは、恵子だった。これより先に半狂乱の美智子が口を開いていたら、廉太郎もつられて大腸外科長の胸倉くらいは摑んでいたかもしれない。恵子がいてくれて、助かった。

「検査とは？」

「ＰＥＴとか」

「必要ありません。ＰＥＴでも、あまりに小さいものは映りませんから」

ＰＥＴ検査というのはたしか、初期の小さながんも見つかるという触れ込みではなかったか。それに映らないほど小さいのなら、治せそうなものである。

「順を追って説明します」

だが大腸外科長は紹介状に目を落としつつ、「梅雨前線が停滞中です」と同じようなトーンで話し始めた。

「まず一ノ瀬さんの状態は、虫垂がんのステージ4。より具体的に言うと虫垂粘液性嚢胞腺がんであり、原発部位は切除されているものの、腹膜偽粘液腫を引き起こしています。つまり腫瘍細胞が腹腔内に散らばって、ゼリー状の粘液が貯留しているんですね」

医者の説明というものは、まったくもって分かりづらい。素人相手だという頭がないのか、それとも配慮していても難しいのか。すぐには漢字が想像できない病名が出てきて、廉太郎は眉をしかめる。

「腹膜偽粘液腫を発症した場合の五年生存率は、悪性のものだと六・七パーセントと言われています」

ところがこの数字は分かりやすかった。隣に座って話を聞いている妻に目を遣ろうとするが、錆びついたブリキの人形のように首が硬い。当人にはショックが強すぎるのではないか。心配なのに、顔を見るのが怖かった。

衝撃のあまり呆然としてしまった家族を置いて、大腸外科長の説明はなおも続く。

前述のごとく粘液状のものだから、外科手術では完全切除できないこと。放射線治療も、標的がないから照射しても意味がないこと。感情を交えずに、淡々と述べてゆく。

「標準治療だと、あとは化学療法。つまり抗がん剤ですが、虫垂がんだとこれまでは、大腸がん治療に用いられるのと同じものを使用してきました。ですが最近の研究で、虫垂がんは大腸がんとは大いに異なることが確認されまして。ですから虫垂がんはまだ、治療法の開発が待たれる分野なんです」

ようするに、抗がん剤すら効きそうにないということだ。

「もう助からないそうです」と言った、杏子の声が頭の中にこだまする。

本当に？　国立の大病院の医者でも匙を投げるほど、杏子の体は悪いのか。十年とは言わない、あと五年だけでも、命を永らえさせてはくれまいか。

「あの」と、衝撃からいち早く立ち直ったのは恵子だった。落ち着いた声のトーンに、廉太郎は頼もしさすら覚える。

「先ほど、『標準治療だと』とおっしゃいましたね。それ以外なら、治療法はあるんですか」

「ええ。あるにはあります」

でかした！　廉太郎は己の膝を控えめに叩く。さすがは優等生だった恵子、よくぞ聞き逃さなかった。

「ですが日本では保険適用外ですし、うちではまだやっていません」

「なんだと？」

　目の前に射しはじめた光明を、大腸外科長は容赦なく塞いでくる。廉太郎は思わず立ち上がっていた。

「ここは国立の、がんを研究している病院じゃないのか！」

「ちょっと、お父さん」

　冷戦中なのも忘れ、美智子が袖を引いてくる。その手を「放せ！」と振り払う。

「それほど、きわめて珍しいがんなのです」

　患者やその家族に激高されるのに慣れているのか、大腸外科長は静かな目で廉太郎を見上げてくる。その動じなさが、いっそう気に障る。

「話にならん。杏子、帰るぞ！」

　そう言い捨てて、出入口のドアへと向かう。杏子もまた、「ああもう、お父さんたら」と狼狽えつつ立ち上がった。

「あの、先生。今日はお時間を頂戴して、ありがとうございました」

　礼などいい！　体を半分廊下に出して待っているのに、杏子はまだもたもたしている。

「正直にお話ししてくださって、助かりました。お辛かったでしょう」

　患者から気を遣われて、大腸外科長ははじめて人間らしい表情を見せた。痛みを伴った微笑である。

助からない患者にもう助かりませんと告げるのは、医者にとっても辛い仕事だろう。だが廉太郎は痺(しび)れを切らしてさっさと診察室を出てしまい、その表情を見なかった。

「お父さん。ちょっと、お父さんってば！」

真っ先に廉太郎を追いかけてきたのは、姉の美智子だった。

ついて来られると意地になって、歩調を緩める気になれず、廊下をずんずん歩いてエレベーターの前に立つ。

エレベーターは四基もあるのに、すべて中途半端な階に停まっていた。昇降ボタンを押し、やっと扉が開いたころには美智子に追いつかれていた。

「お母さん、恵子！」

気にせず降りればいいのに、美智子は「開」ボタンを押しっぱなしにして二人を待つ。

杏子と恵子が、小走りに駆け込んできた。

「ふぅ」と手の甲で額を拭(ぬぐ)い、杏子が息を整える。

「んもう。お母さんのこと、走らせないでよね！」

言いがかりだ。早く乗れと、二人を急(せ)かしたのは美智子である。

「まあまあ。せっかく築地まで来たんだから、お寿司でも食べて帰りましょ」

　廉太郎は愕然とした。もはや手の施しようがないと言われたばかりなのに、寿司だと？　どんな神経をしているんだと、妻の後ろ姿を睨みつける。

「築地市場って、移転したんじゃないの？」

「場外市場はそのままなんだよ。いいね、お寿司」

　恵子と美智子も、同類だ。うちにはデリカシーのある女はいないのかと、狭い箱に閉じ込められているぶん、いっそう苛立ちが募ってくる。

　エレベーターが一階に着き、扉が開くと同時に廉太郎は足を踏み出した。エレベーターホールを出て右がエントランス、その真正面に総合受付カウンターが並んでいる。

　廉太郎は歩調を緩めずに、エントランスホールを斜めに突っ切り、正面玄関を目指した。

「なに、どこ行くの。まだお会計済んでないよ！」

　追い縋ってきたのはやはり美智子だ。間もなく午前の診療が終わるとあって、会計カウンターの前には順番待ちの列ができていた。やっていられるか！

「金なんざ払わんでいい。検査もなんにもしていないんだからな。むしろ今日の仕事を休んだぶんと、交通費を支払ってほしいくらいだ！」

「待ってってば。お寿司は?」

「いらん。俺は帰る!」

なにに腹を立てているのか自分でも分からないが、苛立ちはいっこうに収まらない。もしも廉太郎に人外の力があったなら、暴れ狂って東京の街をめちゃくちゃにしていただろう。アニメ監督が手掛けたらしいという情報だけで観る気をなくしていた「シン・ゴジラ」を、今なら観られるかもしれなかった。

「お姉ちゃん、いいよ。お金はこっちで払うから。好きにさせてあげな」

かといって引き止められないのも寂しいが、今さら女たちの輪の中には戻れない。底に水が溜まったビニールの傘袋を、むしり取るようにしてゴミ箱に捨てる。

「じゃ、お父さん。お昼はご自分で済ませてくださいね」

杏子もまた恵子の横に立ったまま、自動ドアから出てゆこうとする夫を見送るように手を振った。

三

お昼は魚だったから、夜は肉にしようよ。

そんな提案をしたのは、きっと食い意地の張っている美智子に違いない。

食卓には鍋が出され、しゃぶしゃぶ用の薄切り肉と野菜が並べられている。ただし肉の割り合いは、豚と牛が七対三である。

「ねぇねぇ、胡麻ダレとポン酢の他にさ、梅肉のタレも作っていい？」

「なにそれ、美味しそう」

「叩いた梅肉と大根おろしとおかかを、醤油や味醂で和えるの」

「いいわねぇ、豚肉に合うわ」

女が三人で姦しいとはよく言ったものだ。老夫婦二人暮らしの静けさに慣れたダイニングキッチンは甲高い笑い声や食器などの物音に満たされて、ナイター中継の解説の声も聞き取れない。

廉太郎は居間の座椅子に胡坐をかき、テレビの音量を控えめに上げた。

夫の哲和くんから「久しぶりに親子水入らずで過ごすといいよ」と勧められたとかで、今夜は美智子も泊まってゆくつもりらしい。三人もいる子供の世話を亭主に押しつけて、笑っているのだからいい気なものだ。

女たちは築地で寿司を食べたあと、地下鉄で移動して銀ブラを楽しんできたという。

「エッグスンシングスのパンケーキ、すごかったね」

「あの生クリームの量はないわ」

「あら、高校時代はボウル一杯の生クリームをスプーンですくって食べてたじゃない」

「若さだねぇ」

さっきから、食べ物の話ばかりしていないか。大腸外科長の告知など、まるでなかったかのようにはしゃいでいる。物事を深刻に受け止めているのは廉太郎だけなのだろうか。娘たちはまだ、死を身近に感じられないのかもしれない。

父母の葬儀で喪主（もしゅ）を務めた廉太郎は、そのなんたるかを知っている。安置された遺体はやけに存在感があり、縋（すが）りついて泣く気にはなれなかったが、体が焼かれて骨だけになったのを見てようやく、ああ、逝（い）ってしまったと実感した。

死とは消滅だ。遺された者の、記憶すらしだいに薄れてゆく。声を忘れ、顔も写真でしか思い出せなくなる。

「用意ができましたよ。お父さんも、こっちに来て食べましょう」

もって一年と言われたはずだ。なのにどうして、そんな明るい声が出せる。早くも死を受け入れたように、笑っていられる。

「美智子が作ってくれた、蛸（たこ）のサラダも美味しそうですよ」

「いらん」

うつむいて、鼻を啜る。そのせいでホームランの瞬間を見逃した。

「え、嘘。もしかして泣いてるの？」

「泣いとらん！」

美智子はまったく、よけいなことばかり言う。廉太郎はダイニングを振り返らずに、声を荒らげた。

「こんなときに、飯が喉を通るものか。お前たちのほうがおかしいんだ！」

背後の喧騒がぴたりと止まる。鍋の湯の、煮える音だけが聞こえてくる。テレビ画面の中の、ハイタッチの応酬とは対照的な気配がする。

「あっそ」と、投げやりな相槌を打ったのは恵子だ。

「それじゃあ、私たちで食べるね。お姉ちゃん、お肉しゃぶしゃぶしちゃっていい？」

「あ、待って。あんたいつも火を通しすぎなのよ。自分でやる」

「すみませんねぇ、お父さん。こらこら、豚肉は中まで火を通すのよ」

元の賑わいが戻ってきた。

この三人が揃うと、廉太郎は疎外感を覚える。彼女らが喋る内容は廉太郎にはほとんど興味のないことで、なにが面白いのか分からないところで声を揃えて笑う。まるではじめから父親などいなかったかのように、女たちは結託しているのだった。

ぴりっと指先に痛みが走る。人差し指のささくれを、弄(いじ)っているうちにちぎり取ってしまっていた。

「くそっ」と口の中で呟いて、廉太郎は皮膚の欠片(かけら)を指先で弾いた。

俺はべつに、おかしくない。こいつらが能天気なだけなのだ。

「あ、サラダ美味しい。お姉ちゃん、また腕上げたね」

「でしょでしょ。酢味噌ドレッシングでさっぱりにしてみました」

「この間作ってくれた、ポテトサラダも美味しかったわ」

「ああ、マヨネーズを使わないやつね。子供たちには不評なんだけどさ」

「美味しそうじゃん。レシピ教えて」

旨(うま)そうな話題と、鍋の湯気だけが廉太郎のいる居間にも流れ込んでくる。昼にざる蕎麦(そば)一枚しか食べていないのを思い出したが、「いらん」と突っぱねてしまった手前、空腹は我慢するしかない。

「お、いいぞ。回れ回れ！」

広島カープに三遊間を抜けるヒットが出た。二塁ランナーが三塁ベースを蹴(け)り、ホームを目指す。たいそう居心地が悪かったが、廉太郎は己の正当性と存在感を示すため、ことさらに声を張り上げた。

時計の秒針の音は、不安なときほど大きく聞こえる。心臓の音と重なって、それは耳の奥に響いてくる。

カチ、カチ、カチ、カチ。

杏子のいない世界に向かって、無情にも未来を削り取ってゆく。

みしり、みしり。階段を軋(きし)ませて誰かが二階から下りてくる。トイレだろうかと思いきや、まっすぐこちらにやって来て、ダイニングのドアを開けた。

「わっ！」

スモールランプしか点(つ)けていない部屋に、人が座っていたらそりゃあ驚く。廉太郎は酒に滲(にじ)んだ目をこすり、顔を上げた。

「びっくりした。飲んでたの？」

「ああ、恵子か。まだ起きてたのか」

「ん、プレゼン資料作ってた。喉渇(かわ)いちゃって」

電気を点けようとはせずに、恵子は流しまで行って洗い桶(おけ)に伏せられていたグラスを取る。この次女は、美智子ほど不粋(ぶすい)ではないのが救いだ。

「なんだ、やっぱりお腹空いてたんじゃない」

流しには、さっき食べたインスタントラーメンの丼が置いてある。袋麺だったから、洗い物が出てしまったのだ。

「それ、なに飲んでるの？」

「『雨後の月』の純米吟醸。広島の酒だ」

「ちょっともらっていい？」

「ああ。旨いぞ」

廉太郎の郷里の酒だ。開けたてよりも、二日目が旨い。今夜がちょうど飲みごろだった。

着替えを持ってこなかったのだろう。恵子は中学だか高校だかの体育ジャージを着ている。ダイニングセットの椅子を引き、廉太郎とはす向かいになるように座った。

「ほんと、美味しい」

娘と酒を飲むなんてはじめてのことだが、恵子はいける口らしい。冷蔵庫からもろみ味噌を持ち出しており、それを肴に飲みはじめた。

すでに午前二時を過ぎている。いいかげん寝ないと明日の仕事に差し支えるが、もう少し神経を鈍麻させないかぎり、眠りは訪れそうになかった。

「夜中に一人でお酒を飲んでるみたいだって、お母さん心配してたよ」

気づいていたか。朝になったら酒の空き瓶が増えているのだから、当然だ。

「眠れないんだ」

「怖いんだね」

遠くで猫が鳴いている。泣き叫ぶ赤ん坊のような、不穏な声だ。

そう、廉太郎は怖かった。なにかに怒っていなければ、足元が崩れ去るような恐怖に耐えられない。その昂りを、鎮めるための酒だった。

「でも、お母さんはもっと怖いと思う」

噛み締めるように、恵子は喋る。女にしては低めの声は、夜の静寂と相性がいい。この娘は子供のころから、「お父さん、お父さん」とうるさく纏わりついてこなかった。

「だから、不機嫌になるのはやめて」

非難がましい口調ではなかった。ただあたりまえのことを述べているだけだ。それでも廉太郎は言い訳がしたくなる。

「だって、お前たちがあまりにも呑気で」

「この先、いつまで美味しいものが食べられるか分からないでしょ。銀座だって、あと何回行けるか分からない。だから今のうちにと思ったの」

「やめてくれ。そういうことを言うな」

廉太郎は疲れたように額を押さえる。杏子の残り時間が少ないことを、あまり考えたくはなかった。

「今日が初告知ってわけでもないのに」

しっかり者の恵子には、情けない姿に見えるだろう。もう一ヵ月以上になるというのに、廉太郎は妻が末期がんだという事実をこれっぽっちも受け止められていないのだ。

「本当は私がいるうちに、今後の方針について話し合っておきたかったんだけど」

だが廉太郎は、まともに話ができる状態ではなかった。わざわざ休みを取って大阪から来てくれたのに、それについては素直に申し訳ないと思った。

「すまなかった。病院代、いくらだった？」

「いいよ、そんなの」

「よくはない」

「じゃあ、後で領収書渡す」

病院を出てからずっと、廉太郎は自分にも腹を立てていた。どうして医師の説明半(なか)ばに席を立ってしまったのか。保険適用外とはいえ、治療法はまだあると言っていたのに。

腹の底から、溜め息をつく。

「先生の話を、最後まで聞いておけばよかったな。保険が使えないとなると、途方もないほど金がかかるんだろうが」

「ああ。あの後ちょっと調べてみたんだけど、たぶんこれだよね」

恵子がジャージのポケットをまさぐり、スマホを取り出す。文明の利器だ。廉太郎には、検索という発想がなかった。

差し出されたスマホの画面は、薄暗さになれた目には眩しすぎる。おまけに老眼鏡が手元になく、のけ反るようにしても文字が読めない。

「東京でも、そこだけみたいよ」

どこかの病院のホームページだ。辛うじて、新宿区らしいということは分かった。

「腹腔内温熱化学療法、ＨＩＰＥＣだって。抗がん剤を入れた四十二度以上の生理食塩水でお腹の中を洗うみたい」

画面の文字が小さいのを察して、恵子が要約してくれた。話だけ聞くとさほど技術が必要そうに思えないのに、なぜ一般的な治療ではないのだろう。

「いくらかかるか分からないけど、取り扱ってる病院がこれだけ少ないんだから、べらぼうな額になるんじゃないかな」

「そうか。なんなら、この家を売ってでも――」

「それはお母さんが反対すると思う」

生きるか死ぬかの問題じゃないか。どうせ夫婦二人で暮らすには広すぎる家だ。手頃なマンションに越したほうが、杏子の負担も減るはずである。

「パンケーキ食べながら話してたの。お母さん、緩和ケアしか望まないって。残された時間を、できるかぎり楽しく過ごしたいからって」

杏子らしい。いざとなると肝が据わる女だ。

美智子がまだ小さかったころ、夜中に熱痙攣を起こしたことがあった。両手足を突っ張り白目を剝いている娘を見て我を失くし、「救急車、救急車!」と叫ぶだけの廉太郎を、「落ち着いてください。三分ほどで治まります」と制した。あのときは、頼もしい女と結婚したものだと思った。

だがどうせ腹をくくるなら、より長く生きようとしてほしい。三分以内に治まる熱痙攣とは違い、今回はなにがどう作用するか分からない。治療を受けることで余命一年が三年、四年と延びるなら、それは意味のあることではないのか。

「私は、お母さんの意思を尊重するよ」

恵子だけでなく、おそらく美智子もそうだろう。女たちは、廉太郎にはないなにかで通じ合っている。

「もう少し、考えさせてくれ」

杏子の体のことを思えば結論は早く出さねばならないが、心の整理がまだつかない。だから廉太郎は、いったん逃げた。

「うん、悩むところだよね」

恵子も本心では、母親にもっと長生きしてもらいたいのだろう。決断力のない父親を責めもせず、グラスに残っていた酒をクッと呷る。

「それはそうと、明日お母さんを連れて帰ってもいい？」

「大阪か？」

話題が切り替わったことに、安堵した。廉太郎は逃げ場をなくされてしまうことが、なにより苦手だった。

「うん、全然案内してあげたことなかったからさ。それにもうすぐお母さんの誕生日でしょ」

このところのごたごたで、すっかり忘れていた。杏子は六月二十四日生まれである。

あいつももう、いい歳だな。

結婚したときはたしか、二十六だった。その翌年に美智子が生まれ、さらに三年後に恵子が生まれた。娘たちも、歳を取るはずである。

「恵子、お前、誰かいい人はいないのか？」

仕事にかまけて独身を通している次女のことが、急に心配になってきた。杏子だって、恵子の幸せを願っているはずだ。

「母さんに、花嫁姿を見せてやれんか」

恵子は空になったグラスの底に、宝の地図でも見つけたみたいに見入っている。そうだった、この娘はヒステリックに騒がない代わりに、都合が悪くなると黙る。

時計の針の音が、またもや耳障りになってきた。こちらがそわそわし始めるまで、恵子は黙っていることができる。

「大阪行きの件、大丈夫かな」

「ああ、構わない」

だから「なかったこと」にされても、かえってほっとしてしまう。これまでにも何度か結婚をせっついてはみたが、いつもこの手でかわされていた。

「ありがとう。もう寝るね」

恵子は立ち上がり、使ったグラスを流しで濯ぐ。

「食器、これからは自分で洗いなね」

廉太郎が使ったぶんまでは、洗うつもりがないようだ。

杏子と一緒になってから、記憶にあるかぎり皿洗いなどしたことがない。だが病身の妻を思うなら、少しは手伝わねばならないだろう。

「分かった、明日の朝やる」

廉太郎はたしかにそう言い、自分でもやるつもりでいた。

だが翌朝起きてみると丼はすでに洗い籠(かご)に伏せられており、しかも廉太郎はそのことを、思い出しもしなかった。

四

寝不足と深夜の酒のせいで、目元がひどくむくんでいた。

冷たい水で顔を洗い、気つけ代わりに両頬を強く叩く。

これから仕事だ、しっかりせねば。

「ちょっとお父さん、洗面所独占するのやめてよね」

鏡の前でネクタイを締めていたら、美智子に邪険にあしらわれた。朝からこの顔を見るのは久しぶりだ。美智子こそ学生時代は鏡の前で身支度を整えるのに忙しく、ちっともどいてくれなかった。

「行ってくる」

背広を羽織り、鞄を持つ。杏子はいつも玄関まで見送りに来る。

「すみませんねぇ、お父さん。私がいない間、カレーを作っておきますから食べてください」

髪が綺麗にセットされ、心なしか化粧も濃い。めったにない遠出が楽しみなのだろう。

「仕事帰りに食べてくるから、なにも作らんでいい。それより、楽しんでこい」

「ありがとうございます。日曜の夕方には戻りますね」

今日が金曜だから、二泊三日だ。

「もっとゆっくりしてくればいい」

自分では洗濯すらできないのも忘れ、格好をつける。先ほど恵子にもいい格好をしようとして「母さんが世話になる」と幾ばくかの金銭を渡そうとしたが、「これは私からの誕生日プレゼントだから」と断られていた。

「でも、長居をしても迷惑ですから」

杏子はそう言って、寂しげに笑った。

雨はまだ降り続いている。廉太郎は合皮の靴を選び、杏子に手渡された靴ベラを使って履いた。

「行ってらっしゃい、気をつけて」

普段と変わりない見送りの声が、今朝はやけに背中に染みる。

草加の駅から徒歩十数分、国道四号線を越えたあたりに、廉太郎が勤める矢田製菓の本社と第一工場がある。第二工場は同じく埼玉の鳩ケ谷にあり、そちらでは主に日持ちのしない生菓子を製造している。

社屋に入ってゆく社員と積極的に挨拶を交わしながら、廉太郎は工場入口へと向かった。出勤時間の早い生産準備担当の職員は、すでにフォークリフトを操り、材料の入庫作業を行っていた。

廉太郎はロッカールームに入り、ネクタイを解く。背広もシャツも脱いで肌着だけになると、まずは白い頭巾型の帽子を被る。これは頭部から肩までをすっぽりと覆うもので、額のところに小さな庇がついている。

それから白い作業服の上下に着替える。このとき頭巾の裾は上着の下に入れるようにしておかないと、頭髪落下防止にはならない。工場用の靴に履き替え、最後に使い捨てのマスクを着けてから、ロッカーを閉める。

この廉太郎の着替え風景に、工場勤務の社員やパートは遠慮がちな視線を送っていた。どのみち作業着に着替えるのだから、通勤時の服装は自由である。なのに毎朝きっちりとネクタイを締めて現れるため、妙な威圧感を与えていた。

商品開発部門一筋に勤めてきた廉太郎が、製造部門に回されたのは四年前。六十六歳のときだった。

六十歳で定年退職をし、嘱託として再雇用された当時は、まだ商品開発部にいた。役職はなく平扱いだったが、それでも現役時代の人脈を活かして人と人を繋げたり、新商品のアイデア出しやアドバイスに役立ってきたはずだ。

だがちょうど四、五年前あたりから、廉太郎の人脈は涸れてきた。つき合いのあった相手が軒並み歳を取り、あるいは鬼籍に入り、現役を退いてしまったのである。表計算ソフトもパワーポイントも使えず、会議では皆が理解していることをしつこく質問する廉太郎は、開発部に於いてすでにやっかいな存在になっていた。

「もう少しのんびりした環境で、後進の育成に当たっていただきたい」という建前と共に、用意されたのは「生産ライン衛生監督者」なる肩書きだった。

実際にそのような役職はなく、手当もつかない。かつては部長まで務めたことのある廉太郎の、矜持に配慮した結果である。

会社としては、そのまま廉太郎が辞めてしまっても構わなかったのだろう。続けるにしても工場勤務ならシニア採用の嘱託職員が多くいる。すでに年金も支給されているのだから、あとはゆっくり余生を楽しんでくれと言わんばかりだった。

そのような意図を汲み取れないほど耄碌していたわけではないが、廉太郎は「お任せください」とその任務に就いた。自分はまだまだ、社会に貢献できると信じていた。

仕事一筋で四十余年、会社員ではない生きかたなど、もう分からない。体の動くかぎりは働いていたかった。

職種に貴賤はない。任されたことを、期待以上にやるだけだ。

廉太郎は本気でそう思っている。だが杏子には、工場勤務になったことをいまだに伝えていなかった。

工場の仕事を下に見ているわけではない。だが俺もついにお払い箱にされてしまったよと、どんな顔をして告げればいいのだ。

これまで第一線で働いてきたからこそ、杏子は廉太郎を支えてくれた。仕事だと言えば、たいていのことは許された。たとえば娘二人のお産に間に合わなかったときだって。

どのタイミングで生まれるかも分からんのに仕事をないがしろにできるかと、ギリギリまで会社で粘っていたらそうなった。それでも杏子は恨み言ひとつ洩らさなかった。

今もスーツで出勤しているのは、他に適当な服がないからだ。同僚にはそう言い訳をしており、半ば真実ではあるが、もう半分は杏子に悟らせないためだった。作業着の洗濯は業者が請け負っており、自宅に持ち帰ることはないから、おそらくまだばれてはいない。

しかし同僚たちには、廉太郎のスーツ通勤は過去の栄光への執着に見えているのだろう。

「なんかあの人、米パフチョコの生みの親なんだって。めっちゃ大当たりしたらしいよ」

「えっ嘘、これ？　すごい昔っからあるじゃん。うわ、俺生まれてねぇ～！」

短期の学生アルバイトはそんな噂話で盛り上がり、勤続年数の長い者はあえてなにも口にしない。

シニア世代の多い工場の中でも、廉太郎は浮いていた。

「一ノ瀬さん、おはようございます」

ロッカールームの片隅にあるコロコロコーナーで、作業着の埃を入念に取っていると、背後から声をかけられた。

振り返ると、同じ作業着に身を包んだ細身の男がぺこりと頭を下げる。

「ああ、場長おはよう」

マスクで隠れて目元しか出ていないのに、それでもにやけた顔をしていると分かる。

新田敦、この第二工場の工場長である。廉太郎が商品開発部のエースだったころに入社しており、当時の工場長とやり合っているところを見てきただけに、腰が低い。

　新田もまた壁にいくつも掛けられている粘着ローラーを手に取り、作業服の上に滑らせる。この後エアーシャワーも浴びるのだが、目に見える範囲のゴミはできるだけこの段階で取り除く。

「昨日、大丈夫でしたか。その、奥さんの――」

　杏子の病院のつき添いで休むことは、新田には告げてあった。

　それに作業場に入る前には毎度、感染症予防のチェックシートを埋めねばならない。自分の健康状態の他に家族のぶんも答える項目があり、感染の可能性ありと判断されると中には入れない。杏子の場合はべつに感染症ではないが、廉太郎は馬鹿正直に「配偶者に悪性腫瘍あり」と書き込んでいた。

「なぁに、なんてことはなかったよ」

　廉太郎は努めて明るい声を出す。そう言えば本当に、妻の病状が軽くなるかのように。

「そうでしたか、よかった」

　にやけ顔だが基本的に人のいい新田は、元から細い目をさらに弓型に細めた。

「もしなにか、不都合があったら言ってください。シフトの調整、ききますんで」

「ありがとう、恩に着るよ」

仕事を急に休めるわけがないと、杏子を怒ったことがあったが、実際のところ今ならかなり融通が利く。あのとき素直に休みを取ってやらなかったのは、「仕事」と言えば他の面倒事を回避できるという習慣が、身に染みついていたからだった。

いつでも休める仕事しか任されていないのだとは、思われたくない。だから廉太郎は昨日休みを取ったことも、杏子の前ではさも重大事のように振る舞っていた。

「いえいえ。泣く子と病には勝てませんから」

「それを言うなら地頭だろう」

「え、そうでしたっけ」

病に勝てぬなどと言ったら、それは現代医療の完全否定だ。悪い男ではないが、新田はこういうところが抜けている。

「おい、待ちなさい」

粘着ローラーを壁に戻し、手洗い場に移動しようとした新田を呼び止める。

「肩にまだ、糸くずがついている」

「えっ。あ、ホントだ」

白い作業着に、黒の糸くず。老眼の進んだ廉太郎でも分かったのに、気づかないということがあるだろうか。

「君は人を指導する立場だろう。どうせエアーシャワーで吹き飛ぶと思っているのかもしれないが、工場長が規律を守らんでどうする。忘れたわけじゃないだろう、三十年前パフチョコにプラスチック片が混入して、自主回収騒ぎになったのを！」

あのときのことは、目の前が真っ赤になるほど腹が立ったからよく覚えている。何度も試作を繰り返し、産みの苦しみでやっと世に出た商品にファンがつき、定番化しはじめていた。それなりに知名度のある菓子だっただけに、ニュースでも大きく取り上げられてしまったのだ。

我が子とも思える菓子の評判を地に落とされ、怒り心頭の廉太郎は工場に怒鳴り込んだ。混入したというプラスチックは分析の結果、子供のおもちゃのビーズだった。

「そのたった一本の糸くずが、大事な菓子やお客様の喜びを、すべて台無しにするんだぞ。自覚が足らん！」

「はい、すみません。その通りです」

「それから、そこのバイト！　なにをしている。ちゃんと粘着テープの上を歩け！」

生産ライン衛生監督者という間に合わせのような肩書きに忠実な廉太郎に、周りからはまた始まったという生温（なまぬる）い視線が注がれる。

自社商品に対する思い入れが人一倍強いだけに、廉太郎にはその肩書きが似合いなのかもしれなかった。

作業場での廉太郎の主な仕事は、自動包装ラインから流れてくる個別包装のパッケージの目視確認と、一時間に一度従業員の作業着に粘着ローラーをかけて回ることだった。

立ちっぱなしの仕事なので工場に移ったばかりのころは足腰にきたが、慣れてくるとさほどでもない。立ち仕事に耐えられるだけの体作りは怠るまいと、今日も駅から家までの道のりを歩いて帰ることにする。

幸いなことに不愉快なアニメキャラの絵に溢れた駅舎を出ると、雨は上がっていた。日が長くなり、辺りもまだ暗くはない。

「そうだ、晩飯はどこかで食べて帰らんといかんのだった」

独り言が思いのほか大きくなり、通りすがりの高校生がびっくりしている。いかん、いかん。歳を取るとつい口元が緩くなる。

杏子は今ごろ、大阪の街を楽しんでいるだろうか。たこ焼きやらお好み焼きやら、食べつけないもので体が疲れるのではないかと心配になる。

「この先、いつまで美味しいものが食べられるか分からないでしょ」

昨夜の恵子の声が蘇り、廉太郎は頭を振る。仕事中は気が紛れるが、一人になるとやはり底なしの不安に囚われる。「この先」のことなんて、考えなくてもいいならそうしたかった。

憂鬱な足取りで、雨上がりの駅前通りを歩く。十字路の向こう側に、見覚えのあるスーツの後ろ姿が見えた。

少しふらふらした足どりで、その男は帰路をゆく。名前は知らない。廉太郎が勝手に同志と見込んでいる、同年輩のサラリーマンだった。

久しぶりに会ったな。

と、口元に微笑が浮かぶ。

あの男も嘱託で、廉太郎のように現役時代とは不釣り合いな境遇に甘んじているのかもしれない。それでもまだ、スーツを着込んで戦っている。話しかけたことはないが、彼を見かけると、自分も頑張ろうと力が湧いた。

「あ、いたいた。おじいちゃん！」

背後からうるさいほどよく通る、中年女のものらしき声が上がった。声の主は二十代と思われる若い女を引き連れて、廉太郎を追い越してゆく。

「んもう。ちょっと目を離すとこれなんだから！」

中年女に腕を取られ、スーツの御仁は軽くよろめいた。おそらく娘か嫁だろうに、本人には分かっていないようで、ぽかんと口を開けている。

「え、なにこれ。久しぶりに帰ってみたら、おじいちゃん惚け散らかしてんじゃん」

「そういう言いかたしないの。おじいちゃん今でも自分を会社役員だと思ってるから、うっかりすると『出勤』しちゃうのよ」

「スーツ、隠しちゃえば？」

「隠してもどこかから見つけてくるし、見つかんなかったらそれはそれで暴れるの」

「やばいね。ほらおじいちゃん、帰るよ！」

　スーツの御仁にはまったく状況が飲み込めていない。二人の女に両側から囲まれて、きょろきょろしながら連れられてゆく。

　廉太郎はその場に足を止めた。ほんのりと藍色がかった東の空に、月はない。その方角を指してゆく「同志」を、ただ呆然と見送った。

第三章　独断

一

551蓬莱の豚まん、点天のひとくち餃子、お好み焼きせんべい、大阪往来館の中之島ラスク、千鳥屋宗家のみたらし小餅。

ダイニングテーブルに次々と積み上げられてゆく土産物に、廉太郎は苦笑を嚙み殺す。こんなにたくさん重かったろうに、杏子は疲れを少しも滲ませず、買い込んできた荷物を解いてゆく。

「それから、ビリケンさんの人形焼き。新世界って人気なんですねぇ。外人さんも多くって、通天閣に登るのに並んだわ。テレビで見たとおり串カツ屋さんがいっぱいで、衣がサクサク軽いんです。『味よし』っていうラーメン屋さんも美味しかったわ。鶏のスープなんですよ」

声がいつもより一段高い。旅行などめったに行かないから、楽しかったのだろう。

道頓堀の賑わいや、たこ焼きの旨さ、天神橋筋商店街では本当に豹柄の服が売っていること、いか焼きはいかの姿焼きではないこと、黒門市場での食べ歩き。普段はこんなに喋らないくせに、驚くほどはしゃいでいる。

「これは、絹笠っていう和菓子屋さんの『とん蝶』。おこわなんですよ。お父さんもう晩ご飯召し上がった? 賞味期限が本日中ですから、どうぞ食べてみてくださいな」

「おいおい、まだあるのか」

三角形の竹皮風の包みと割り箸を手渡され、けっきょく苦笑いを浮かべてしまった。だいたいさっきから、食べ物の話ばかりしていないか。廉太郎は妻のことを食い意地が張っていると思ったことはないが、食い倒れの町恐るべしである。

大阪に住む恵子のところに遊びに行っていた杏子は、宣言通り日曜の夕方には帰ってきた。口では「もっとゆっくりしてくればいい」と言ったものの、内心ではほっとしている。予告もなく家を留守にされるのは、前回の家出で懲りていた。

身の回りのことはある程度整えてから行ってくれたので、洗濯物は溜まっているものの、家はさほど荒れていない。三日分の新聞を居間の片隅に積んでいたのと、ダイニングの椅子の背に脱ぎ捨てた背広とネクタイを掛けてあったくらいのもの。杏子はそれらを手早く片付けて、きちんと湯冷ましした煎茶を淹れてくれた。

「それにしても買いすぎだろう。二人でこんなに食べきれるのか」

「誰が全部うちのだって言いました？　ご近所さんに配る分ですよ」

それはそれは、と肩をすくめる。

この界隈は昔ながらの一軒家が多く、近所づき合いも密である。買い物に出れば途中で誰かしらに捕まるようで、あちこちで立ち話に花が咲いている。女同士というのはくだらないことに時間を割くのが好きだなと、廉太郎はその光景を冷笑的に眺めていた。

「いつもいただくばかりで申し訳ないと思っていたから、やっと返せますよ」

シンガポールに行ったとかハワイだとかフランスだとか、主婦たちの間では自慢のように土産物が飛び交っている。わざわざそんなところで張り合わなくてもと思うが、見栄坊というのはどこにでもいるものだ。

「むしろ渡さないほうがいいんじゃないか。大阪土産なんて、見劣りするだけだろう」

とん蝶の包みを開きながら、苦言を呈す。杏子は心底驚いたというように目を見開いた。

「やだお父さん、そんなことを気にするタイプだったんですか。いつも関心がなさそうに食べるだけだったから、なにも考えていないんだと思っていましたよ」

女たちの見栄にあてられていたのは杏子ではなく、自分だったか。耳元がかっと熱くなったが、廉太郎はとっさに問題をすり替えた。

「俺はただ、お前が恥をかかないように――」

「大阪の娘のところに遊びに行くのは恥なんですか」

「そういう話をしているんじゃない」

杏子という女は家事も近所づき合いも問題なくこなすわりに、世間体をあまり気にしない。そういう大らかなところを好ましいと思う反面、話が通じなくて苛立たしいときもある。

この話は終わりとばかりに、廉太郎は箸では切り分けづらいほどもっちりとしたおこわを口に含んだ。

塩昆布と大豆が混ぜ込まれ、かりかりの梅が二つ載っただけのシンプルなものだ。ほんのひと口でもずしりと重い。これは腹に溜まりそうだ。

「私もいただこうっと」

大阪で食べてきたはずなのに、よほど気に入ったのか杏子も包みを開く。賞味期限が短くお取り寄せができないため、貴重らしい。素朴（そぼく）な味だが、たしかに旨い。

「恵子は、ちゃんと生活していたか」

無言で食べ続けるのも気詰まりで、共通の話題を持ち出した。独立心旺盛（おうせい）な次女は大阪への転勤が決まると一人で物件を見て引っ越し手続きまで済ませてしまったため、どんな所に住んでいるのか分からぬままだ。

「ええ、仕事はずいぶん忙しいようですけど、パートナーの方がお料理上手でね。毎日美味しいものを作ってもらっているみたいですよ」

ぽきり。力の入れ具合を誤って、割り箸が折れた。

「あらあら」と、杏子が代わりの箸を取りに立とうとする。

その前に廉太郎は、どうにか声を絞り出した。

「いるのか」

「はい？」

「あいつに、恋人が」

「ええ、一緒に住んでいますよ」

「そうか」

呆れているのか安堵なのか分からないため息が、盛大に洩れた。

そんな相手がいるのなら、先日聞いたときに教えてくれたらよかったのに。すでに同棲(どうせい)しているなんて順序が違うだろうと思わないでもないが、恵子も今年で三十八。浮いた話がないよりはずいぶんましだ。

歳はいくつくらいで、仕事はなにをしているのか。誠実そうか、いつからつき合っていたのか。気になることはいくらでもあったが、まずは娘を取られた父親の、負け惜しみが口をつく。

「料理が得意なんて、女みたいな奴だな」

「女性ですよ」

理解の範疇を超えたことを言われると、自己防衛のためか脳が一時思考を停止する。

廉太郎はなにごとかと眉を持ち上げ、首を傾げた。

「『花嫁姿は見せられないって、お父さんに伝えといて』と、言いつかってきました」

娘の恋人なのに、女性？　つまり、女同士でつき合っている？

「なんだそれは！」

テーブルを叩いた反動で立ち上がっていた。折れた箸が弾き飛ばされ、足元に転がる。

だが廉太郎にそんなものは見えてすらいなかった。

「大きな声を出さないでください」

杏子がこめかみを押さえて首を振る。頭に響いたようである。

「冷静でいられるか！　お前、知っていたのか？」

「知りませんでしたよ。大阪に行こうって誘われたときに、初めて聞かされたんです」

「ようするに恵子は、レ、レ、レ、レ――」

「それ以上は言わないでください」

信じられなかった。そういった人間もいるらしいと知ってはいたが、廉太郎にとって身近な問題ではなかった。なのにまさか、自分の娘が。

「昔から、そうなのか」

「知りません。詳しくは聞いていないので」

「なぜ聞かない。お前の育てかたが悪かったんじゃないのか！」

立て続けにテーブルを平手で叩く。

思い出すのは成人式の振袖だ。長女の美智子がレンタルじゃ嫌だと言い張るので、高い買い物だが恵子のときも使えるのだしと誂(あつら)えてやった。だが自分の番になると恵子はパンツスーツがいいと言いだして、晴れ着があるのにもったいないじゃないかと説得しても無駄だった。

考えてみればある一定の年齢から、制服以外でスカートを穿いている恵子を見た記憶がない。美智子の服のお下がりを、嫌がって着なくなったと聞かされたのはいつごろだったか。あのころからすでに、女が好きだと自覚していたのだろうか。

杏子は青ざめた顔をして黙りこくっている。

反抗期の娘たちが廉太郎に口答えをしたときは、決まって「育てかたが悪い」と杏子を叱った。その度に「すみません」と従順な態度を見せていた妻が、なにも言わない。

収まりがつかず、廉太郎はいっそう声を張り上げた。

「電話だ。恵子に電話をしろ。俺は絶対に認めん！」

それでも杏子はうつむきがちに、息すら押し殺している。

「おい！」

怒鳴りつけてもぴくりとも動かない妻に、ようやく違和感を覚えた。よく見ると額の生え際に、脂汗が滲んでいる。

「どうした！」

問いかけると同時に杏子の体が傾いだ。腹を押さえて喘いでいる。

「お腹が、痛くて」

「食べすぎだ」

どうしていいか分からず、お茶の残っていた湯呑みを手渡す。杏子は素直にひと口含み、とたんにうっと口元を押さえた。

トイレまではとても間に合わない。そう判断したか、流し台に駆け寄って縁を摑む。苦しげに喘ぐ声を聞き、廉太郎はおろおろとその背を撫でた。

「どうした杏子、おい杏子！」

涙を流しながら吐き戻す杏子に、答える余裕はない。

「救急車、救急車！」

叫びながら周りを見回し、ぞっとした。声を上げれば動いてくれる妻は、この状態だ。頼れる者は自分自身以外にない。

「電話、電話を」

うろたえつつ固定電話に飛びつこうとして、服の裾を引かれた。杏子が肩で息をしながら、廉太郎を引き留めている。

「大丈夫ですから。救急車を呼ぶほどでは」

「だけどお前、汗だくじゃないか」

ならばタクシーで救急外来か。車は杏子が免許を持っておらず、乗る機会も少ないので、すでに手放してしまっていた。

「戻したらずいぶんすっきりしました。たしかに食べすぎだったんでしょう」

水を出して口を漱ぎ、顔を上げた杏子の顔色はまだ悪い。それでも辛うじて微笑みを浮かべており、廉太郎はいくぶんほっとした。

「病院はいいのか？」

「ひと晩様子を見て、明日も痛みが残っていたら行きます」

「そうか」

シンクが詰まって、なんとも形容しがたい水溜まりができている。思わず顔をしかめた廉太郎の前で、杏子は排水口の水切りかごを掃除しだした。

「汚いので、見ないでください」

「ああ」

「すみませんが、先に休みますね」

「分かった、無理はするな」

跳ね上がった動悸(どうき)が治まらない。恵子とその恋人のことは、頭からすっかり抜けていた。

廉太郎はその場に突っ立ったまま、おぼつかぬ足取りで洗面所へと向かう妻の後ろ姿を見送った。

二

我慢強いというのも考えものだ。

鼻に管を通されて、病院のベッドで眠る妻の顔をぼんやりと見下ろす。

女ばかりの四人部屋は居心地が悪く、できることなら早く目が覚めてほしい。かといって叩き起こすわけにもいかず、廉太郎は通勤鞄を足下に置いてつき添い用のパイプ椅子を広げた。

日曜の夕刻に腹痛を訴えた杏子は、その夜ほとんど眠れなかったらしい。隣の布団から聞こえてくるうめき声に、廉太郎も何度か起こされた。明け方トイレに立ってみると杏子は夫の安眠を気遣って居間に移動しており、その腹は目で見て分かるほど張っていた。

食欲はなく、水分を摂（と）るとすぐに戻してしまう。しかも色が緑色だというのだから、ただ事ではない。「構わず仕事に行ってください」という杏子の主張を押し切り、病院に同行した。

腸閉塞（ちょうへいそく）だった。

腹腔内に溜まったゼリー状の粘液が腸管を圧迫するため、詰まりやすくなっているらしい。当分の間は絶飲食。水すら飲めないとのことで、栄養は点滴で補充される。そのために、即入院となった。

杏子の鼻に通された管は、小腸にまで達している。そこから内容物を外に吸い出し、拡張した腸管の減圧を試みているということだ。ただイレウス管と呼ばれるその管が、すこぶる痛いらしい。

挿入するときのみならず、入ってからも鼻や喉に擦れて痛みが出る。唾を飲み込んでも、首を動かしても痛く、まとまった睡眠が取れないようだ。

入院生活も四日目。可哀想だがイレウス管は、まだ抜いてもらえそうにない。

「お兄さん、お兄さん」

囁き声で呼びかけられ、顔を上げた。干し椎茸のように干からびた、向かいのベッドの老婆が手招きをしている。歳は九十を超えているらしく、彼女に比べれば廉太郎などまだ瑞々しい。

手を貸してほしいことでもあるのかと近づけば、「食べてちょうだい」と、どら焼きを押しつけられた。

「ほら、奥様のぶんも」

「はぁ。妻は今食べられないので、お気持ちだけ」

「遠慮しないで。さぁ、さぁ」

老婆には、絶飲食というのが分からないのだ。廉太郎はしかたなく、「どうも」と頭を下げて受け取った。

病院ではこんなふうに、赤の他人との距離が近いのも煩わしい。

パイプ椅子に戻ると、杏子が目を開けていた。喉の痛みであまり喋れず、「毎日すみません」と掠れた声で謝ってくる。それから廉太郎が手にしているどら焼きを見て、そっと目を逸らした。

たとえ点滴で栄養はまかなえても、口からものが食べられない辛さはある。食べるという行為はつくづく、五感の快感から成り立っているのだと思う。

まもなく夕飯の配膳が始まるが、杏子には当然配られず、料理の匂いばかり嗅がされて辛そうにしていた。備えつけのテレビで料理番組が始まると、いつもなら熱心にメモを取ったりしているのに、目の毒とばかりにチャンネルを替えてしまう。

イレウス管が外れてやっとものが食べられるようになったとしても、今後は腸閉塞の再発予防のため好き放題には食べられない。たとえば消化の悪い脂っこいもの、食物繊維の多いもの、甘味、酸味、塩味の強いものは控えるよう言われた。一般的に体にいいとされる、牛蒡やきのこ、海藻類といったものも、繊維が多いので控えるべき食品の一覧に入っていた。

「思ったよりも早く、好きなものが食べられない体になってしまいましたね」

管を入れるため、車椅子に乗せられ処置室へと移動するとき、杏子は寂しげにそう呟いた。

覚悟はしていたのだろう。だからこそ、あんなに楽しそうになにを食べてきたとか、あれが美味しかったなどと話していたのだ。

「大阪で調子に乗りすぎたんだ」

妻の体は、確実に終末へと向かってゆく。だが廉太郎はまだ杏子の過失、ただの食べすぎということにしておきたかった。

「そうですねぇ」と杏子は力なく微笑み、それから真っ白な顔で廉太郎を仰ぎ見た。

「このこと、恵子には言わないでくださいね。気にしますから」

見合いの席で顔を合わせたときから、杏子のことを特別美しいと思ったことはない。あのころに比べれば肉は削げたし皺も増えた。だが廉太郎にはその顔が、すでに現世の垢を落としたかのように美しく見えた。

それに比べれば、食べられもしないどら焼きから視線を外し、「気づいておりません」というふりをしている杏子のほうが、人間味があっていい。欲こそが人の原動力なのだから。

「食べたいか？」

分かりきったことを聞いてみる。杏子は顔を背けたまま、枕元に置いてあった大学ノートを手に取った。声が出しづらいため、筆談用に置いてあるのだ。

『顔を拭きたいのでタオルを濡らしてきてください！』

その程度のことなら口でもどうにか言えそうなのに、わざわざ筆談にしたのは怒っているからだろう。不思議と文字にしたほうが、杏子の感情は伝わりやすい。

廉太郎はどら焼きを通勤鞄に入れ、立ち上がった。

チェストの上に、花柄のタオルが畳まれている。昨日の日中に美智子が見舞いに来て、置いて行ったものらしい。腸閉塞を起こしたことは恵子には秘密だが、美智子にまで伝え忘れていたので電話越しにずいぶん怒られた。

近ごろは感染症のリスクを避けるため、見舞いの品として生花を禁止している病院が多い。ここもまた御多分に漏れず。花好きの杏子にとっては寂しかろう。食べる楽しみを奪われて、なおかつ花を愛でることもできないのでは、気が滅入るばかりである。

洗面室の流しでタオルを濡らし病室に戻ろうとすると、廊下にはすでに手押しの配膳車が出ており、夕飯の準備が始まっていた。

今夜の一般食はビーフシチューらしい。ひと昔前とは違い、病院食も旨そうになったものだ。

配膳車を追い越して病室に入ると、廉太郎はひとまず杏子のベッド周りのカーテンを引いた。匂いまでは防げないが、同室の患者たちの食事風景を見なくて済む。ところが杏子はこのわずかな隙に、再び夢の中へと舞い戻っていた。

きっと昨夜もあまり眠れなかったのだろう。薄く口を開いて控えめな鼾（いびき）を立てており、廉太郎はその音に妙な安心感を覚える。少なくともまだ、生きている。

パイプ椅子に腰掛けて、しばらく妻の寝顔を眺めていた。今年はどうやら入院中に、誕生日を迎えてしまいそうだ。とはいえ妻の誕生日に、特別なにかをしてやったことはないのだが。

廉太郎はチェストに濡れタオルを置き、手持ち無沙汰（ぶさた）に筆談ノートを手に取った。

『雨なのに、わざわざごめんね。孫たちは元気？』

見覚えのないページは、美智子が来たときのものだろう。仕事帰りに毎日顔を出している廉太郎よりも、多くの枚数が割かれている。

『心配をかけたわね。手術はしなくても平気みたい。この管がわずらわしいけどね』

『これから先は主治医の先生の勧めどおり、経口の抗がん剤と緩和ケアを並行してもらうつもり』

『お父さんは保険外の治療にこだわっていたけど。先生はお勧めできないって』

『抗がん剤は、たんに延命よね。根治はないもの』

『腸閉塞はもうこりごり。ハシュが少しでも小さくなれば、再発しづらくなるんじゃないかな』

『もちろんＱＯＬ（生活の質）第一よ！』

ボールペンの走り書きでも、杏子の筆跡は美しい。播種(はしゅ)が漢字で書けなかったようだが、廉太郎も字面をはっきりとは思い出せなかった。

なぜこんな時候の挨拶でも認(したた)めるような文字で、助かる見込みのない今後を綴(つづ)ることができるのだろう。そこに苦悩や葛藤(かっとう)は感じられず、死が怖くないのかと疑ってしまう。

主治医と話をしているときも、杏子は冷静だった。

そもそもタクシーに乗り込んでから、行き先の病院を指定したのも杏子だ。盲腸の手術（結果的には違ったわけだが）をした病院である。そのときの執刀医を主治医にと、すでに決めていたらしい。

「若い先生ですけど、患者の話をよく聞いてくれるんです」

という評価どおり、今回の入院でも朝の回診のみならず、暇ができれば病室に様子を見にきてくれる。三十半ばらしいが医学部を出たばかりのようなあどけない顔をしており、年輩の女性患者からは特に人気が高いようだ。

それでも廉太郎の目から見れば、どこか頼りない気がしてしまう。患者に寄り添うだけなら、看護師や院内ヘルパーにだってできるのだ。名前が佐藤というのもあり、心の中だけで勝手に「甘ちゃん先生」と呼んでいた。

その「甘ちゃん先生」が、廉太郎が口にした保険外の治療に難色を示したのである。知識はあったらしく「HIPECですね」とすぐに名前が出てきた。廉太郎にはそれがなんの略だったか、もう思い出せない。

「患者さんご自身が強く望まれているならともかく、私はあまりお勧めしません。重い合併症を引き起こす可能性がありますし、もちろん費用もかかります。それに腹膜の完全切除を要する術式なので、一ノ瀬さんの場合は播種が広範に及んでいますから――」

無理です、諦めてください、厳しいです。後に続くであろうネガティブな言葉を、「甘ちゃん先生」は飲み込んだ。つまり金をかけて保険外治療に臨んでも、効果がないばかりか悪くなることすらあると言うのだ。

そんな「甘ちゃん先生」の説明を受けて、杏子は迷いのない筆致で大学ノートに宣言した。

『私は、そこまでしたいとは思いません。余命を少しだけ長く、楽しく過ごしたい。先生、よろしくお願い致します』

廉太郎はその文字が書かれたページを開き、指でなぞる。『余命』の上で、指先がぴたりと止まった。

ぼんやりと頭に思い浮かんだのは、古典落語の「死神」だ。金に目がくらみ死神を欺(あざむ)いてしまった男が連れて行かれた洞窟(どうくつ)には、人間の寿命の長さを表す、大量の蠟燭(ろうそく)が揺らめいている。

そこにあるはずの杏子の蠟燭は、もはや小さくなって消えかけているのだろう。もっと長い蠟燭に、火を移し替えることができればいいのに。

ガタン。病室の入口で音がして、廉太郎は顔を上げた。配膳車が前で停まったのだ。とたんに人の出入りが賑やかになり、ビーフシチューの濃厚な香りに軽い空腹感を覚えた。

視線を感じ、目を転じる。いつから起きていたのか杏子が表情もなく、廉太郎を静かに見つめていた。

三

妻の入院八日目に、ワイシャツのストックが切れた。

切れることはあらかじめ分かっていたのだから、土日のうちに買い足しておくこともできた。クリーニングに出すことも考えた。

だが廉太郎は、なにもしなかった。

「おはよう」

間もなく七月になろうという、梅雨の切れ間の朝だった。テレビの天気予報ではどの局も今年一番の暑さと報じ、しきりに熱中症への注意を呼び掛けていた。

廉太郎は噴き出る汗をハンカチで押さえつつ、いつもどおり本社社屋へ吸い込まれようとする社員に後ろから声をかける。

「あ、おはようございい、ます」

振り返った男性社員は目を見開き、驚愕（きょうがく）の色を隠さなかった。廉太郎が工場に異動してから入った若手である。

ビジネスマンならいま少しポーカーフェイスを身に付けてもらいたいものだが、全身を無遠慮に眺め回してくる。まったくもって、修業が足りない。

「おはよう、おはよう。ああ、おはよう」

目につく者すべてと挨拶を交わし、工場へと向かう。誰もが廉太郎を見るとぎょっとして固まり、フォークリフトを運転していた生産準備担当者は危うく荷物を取り落としそうになった。

お喋りに満ちていたロッカールームも、一瞬にしてしんと静まり返る。会話の波を真っ二つに割って、廉太郎はモーセのように入口からロッカーまでの間を歩き、着替えを始めた。

上着とネクタイがないぶん快適だと思っていたが、着ていたポロシャツはすっかり汗にまみれている。肌着も胴体に貼りついており、替えを持ってくるべきだったと後悔していると、剝き出しの肩を叩かれた。

「おはようございます。なんです、どうしたんですか。ずいぶんラフじゃないですか」

工場長の新田だった。他の従業員たちも、こちらを気にしながら手近な者同士で囁き合っている。新田が皆を代表して、現状の確認に来たのだろう。

「ああ、暑いからな」

「ええ、たしかに暑いことは暑いですけど」

廉太郎が工場勤務になってから四年のうちに、今日より暑い日など数えきれないほどあった。納得がいかないというように、新田は語尾を濁らせる。皆よほど、人のことに関心があるらしい。

つまりそれくらい、廉太郎のスーツ通勤は浮いていたのだ。

一同の心をざわつかせて申し訳ないが、かといって皆を納得させてやる義務はない。ついに暑さで頭がやられたと、思ってくれればそれでいい。

廉太郎にもなぜスーツを脱ぎ捨てる気になったのか、言葉にするのは難しかった。ワイシャツの替えがなくなったのはきっかけにすぎない。そもそもは妻の目を欺（あざむ）くために続けていたスーツ通勤である。だが本当に欺こうとしていたのは、自分自身なのかもしれなかった。

俺はまだまだやれる。会社に必要な人材である。そうやって現役時代の価値観にしがみついた挙句に、残るものはなんだろう。

以前は思い浮かびもしなかった疑問が、このところ石灰化したように胸にこびりついている。

頭にあるのは春日部の駅前通りを歩いていた、スーツの御仁だ。おそらく妻には先立たれ、同居の娘か嫁に厄介（やっかい）をかけている。心の中で勝手に同志と呼んではいたが、認知症を患っているらしいと知ってから、あの男がいっそう身近に感じられるようになってしまった。

なぜなら廉太郎も彼と同じく、過去の中に生きている。リーダーシップを取って結果を出し、部下からも慕われていたかつての一ノ瀬廉太郎を捨てられない。もう誰からも、そんな頑張りは求められていないというのに。

まるで捕獲された宇宙人のように両側から手を取られ、連れ去られてゆく男の後ろ姿は、千の言葉を尽くされるより胸に響いた。

いったい俺は、いつからこうなってしまったのか。仕事で認められる以外の喜びを、どこに置き忘れてきたのだろう。

鏡を見ても生気が充溢（じゅういつ）し、自信に満ちた男の顔はそこにない。皺のぶんだけ髪が減り、柔らかな肉が削げ、頬骨ばかりが頑（かたく）なに張り出した、七十間近の一ノ瀬廉太郎だ。時間は廉太郎の内面だけを置いてけぼりにして、着実に前へと進み続けていた。

やがて時間は杏子をも、廉太郎から奪い去ってゆくのだろう。

彼女が書いた『余命』の字を見たときに、いよいよ背筋が寒くなった。なにをすればいいのか分からないが、このままではいけないとだけは強く感じた。

杏子の余命の蠟燭を、接（つ）ぎ足してやることはできない。だが少なくとも彼女の闘病を、一番傍で支えてやれるのは廉太郎だ。

家に帰れば一人きり、考える時間はたっぷりあった。そして廉太郎は、腹を決めた。

作業着に着替え終えて、ロッカーを閉める。そのころにはもう誰も、廉太郎に関心を払ってはいなかった。

新田もまたマスクをかけて、コロコロコーナーに向かおうとしている。従業員たちの廉太郎に対する興味など、その程度のものだった。

「なぁ、場長」

廉太郎に呼び止められて、新田が億劫そうに振り返る。また小言を言われるのではと、身構えているのである。

「後でちょっと、話がある」

そう告げると新田はますます訝しげに、「はぁ、分かりました」と頷いた。

汗を吸ったポロシャツはロッカーの中で生乾きになっており、鼻を近づけると少し酸っぱい臭いがした。

もっともこの程度なら許容範囲だろうと判断した廉太郎は、病院のエレベーターに乗り合わせた若い女性の、顔が曇ったことに気づかない。

五階の一般病棟で降りると、配膳車が食事の済んだトレイを下げはじめていた。いつもより、見舞いの時間が遅くなってしまった。

帰りがけに新田と話していたせいだ。面会時間は午後八時まで。まだ充分余裕はあるが、廉太郎はいくぶん足を速める。

目的の病床は、四人部屋の右奥だ。同室の女性たちに会釈をして入ってゆくと、杏子はやけにすっきりとした顔でベッドに身を起こしていた。

その手前にはベッドサイドテーブルが渡されて、食事のトレイが置かれている。杏子の鼻から突き出ていた、忌々しいイレウス管が抜かれているのだ。

「おお！」と廉太郎も顔を輝かせる。午前中に管を抜いてもらい、夜になってやっと食事の許可が出たという。たかだか重湯だが、それでも口から食べたのがよかったのか、杏子の頬は色味を取り戻している。

この先様子を見ながら少しずつ米の量を増やしてゆき、問題がなければ週末には退院できるそうだ。廉太郎はパイプ椅子に座り、「よかった、よかった」と何度も繰り返した。

「いったん家に帰ってから来たんですか？」

と尋ねられ、自分の体を見下ろす。ポロシャツ姿のせいである。

「いいや。クールビズだ」

「あら。時流ですね」

久しぶりに聞く、杏子の笑い声だった。声帯がまだ本調子でないのか少しばかり掠れている。それでも痛みはないようだ。

「食べられないのも辛いですけど、思うように喋れないってひどいストレスなんですね。私、自分ではそんなにお喋りじゃないつもりだったんですけど」

「なにを言っているんだ。美智子や恵子がいるときは、ずっと喋り通しだったじゃないか。ご近所さんたちともよく喋っている」

「あら、そうでしたっけ」

あらためて思い返してみると、杏子の口数が減るのは廉太郎といるときだけのようである。四十年以上も連れ添っている夫婦など、そんなもの。わざわざ言葉にしなくても、通じることが多いのだ。

「恵子といえば、入院したことを黙っていてくださって、ありがとうございます」

「ああ。余計な気を回しすぎなんだ、お前は」

「だってね、私嬉しかったんですよ」

院内ヘルパーが空いた皿とトレイを下げにくる。杏子は「ごちそうさまです」と丁寧に返してから、先を続けた。

「あの子たぶん恋人のこと、言おうか言うまいか、とても悩んだと思うんです。なにも余命宣告を受けている母親に、心労をかけなくてもいいんじゃないかってね」

杏子が腹痛を訴える直前にしていた会話を思い出す。忘れていたわけではないが、自分の手に負えることではないと、いったん保留にしていたのだ。冷静になって考えてみると、廉太郎が「認めん！」と怒ったところであの恵子が聞くはずもない。

「それでも恵子は、『私の大事な人に会ってもらいたい』と言ってくれたんですよ。お相手の方と一緒に大阪を案内してくれましてね。本当に気遣いがこまやかな、素敵な女性でした。とても仲がよくって、この人がいるから大丈夫だと、恵子は私に伝えたかったんでしょう」

　杏子は目にうっすらと涙を浮かべている。恵子はそんな殊勝な女ではないというのが廉太郎のイメージだが、そもそも娘たちの態度が父と母ではまるで違う。

「だからほんの少しでも、『やめておけばよかった』って後悔してほしくないんです。ただでさえ恵子は、自分を責めやすいところがありますから」

　そうなのだろうか。廉太郎はむしろ恵子のことを、図太いとすら思っている。

「気持ち悪くはないのか」

「なにがです？」

「だって、女同士で」

　周囲を憚(はばか)り、廉太郎はいくぶん声を落とした。

「どうして自分の娘を、そんなふうに思えるんですか」

　逆に問い返されて、言葉に詰まる。廉太郎だって、恵子を気持ち悪いと思っているわけではない。でも、普通でないことはたしかだ。

「恵子の子供を、ひと目見たいとは？」

「そりゃあ見られたら嬉しいですけど、あの子の幸せはそこにはないんですから。それに孫ならもう三人もいますし、充分ですよ」

「今は幸せでも、結婚できるわけじゃないんだ。嫌になったらすぐ別れて、けっきょく一人になるんじゃないか」

「そんなものは、男と女でも同じでしょう。むしろ、嫌々続けている夫婦よりましかもしれませんよ」

「嫌々って――」

当てつけのように言われ、廉太郎は絶句した。それは誰のことなのか、恐ろしくて問い返せない。勝手に深読みをした挙句、感情のベクトルが一気に怒りへと振れた。

「ああそうか、やけに悟ったようなことを言うと思ったら、仏に近づいているからか！」

わけが分からなくなって、ただ相手を傷つけたくて口走っていた。

杏子が息を呑んだのに気づき、我に返る。なにも言い返してはこないが、頬が小刻みに震えている。

人として、取り返しのつかない発言だった。廉太郎は焦って腕をワイパーのように振る。

「なし！　今のはなしだ！」

覆水（ふくすい）盆に返らず。昔の人は上手いことを言ったもんだと、頭の片隅で感心する。

思考に余裕があったわけではない。廉太郎は、パニックに陥っていたのだ。

杏子は指先で目尻を拭い、なにかを手放すようにゆっくりと息を吐いた。

まずい。これは非常にまずい。こめかみあたりで赤い警告灯が回っている。目がチカチカする。周りを見回し廉太郎は、向かいのベッドの布団とシーツがすっかり剝（は）がれていることに言及した。

「そういえばお向かいの婆さん、退院したんだな。ほら、あのどら焼きの」

病室に足を踏み入れたときから、干し椎茸（しいたけ）のような老婆の不在に気づいていた。わざとらしくはあるが、めでたい話題で失言を挽回（ばんかい）しようとしたのである。

だが杏子は静かにうつむいたまま。やがてぽつりと呟いた。

「あの方、亡くなったんです。今朝」

「えっ」

「全身にがんが、散らばっていたそうで」

廉太郎は、ごくりと硬い唾を飲む。

そうだった。病院とは、死が日常にはびこっている所だ。

向かいのベッドからひたひたと、死の予感が迫ってくる。

落語「死神」にはたしか、足元に座る死神を追い払う呪文があったはず。気休めに思い出そうとしたが、最初の一文字すら分からなかった。

四

「信じられない。ホントさいてー。お父さんってデリカシーが機能停止してんじゃないの?」

入院費用の精算を待ちながら、降り注ぐ言葉の棘を甘んじて受ける。美智子は廉太郎を責めるためなら、ボキャブラリーが向上するようである。

美智子に例の「仏に近づいている」発言など知られようものなら、執拗に非難されるであろうことは目に見えていた。それでもあえて告白したのは、廉太郎自身が分かりやすい罰を求めていたからかもしれない。

談話室は面会の時間帯を外せば静かなもので、美智子の情け容赦のない悪態はなおも続く。

「だいたいさ、お母さんにはなにを言ってもいいと思ってない? あの人、あなたの鬱憤を受け止めるためにいるわけじゃないんですけど」

「そんなことは、思っていない」

「嘘よ。私が友達の家からこっそり『イサムくん』を持ち帰ってたのがバレたときだって、『誰に似たんだ！』とお母さんを怒鳴りつけてた。本当に叱られなきゃいけないのは私だったのに」

「誰だ、『イサムくん』って」

「リカちゃん人形のボーイフレンド」

「いったいいつの話だ」

美智子の恨みつらみの記憶力は凄まじく、ひとつのことに腹を立てると、連鎖的に過去のエピソードまで引きずり出される。その記憶が彼女をさらに不快にさせて、どんどん過熱してゆくという仕組みだ。

「小四のときよ。『イサムくん』だけは誕生日におねだりしても『子供が色気づくんじゃない』って買ってくれなかったでしょ。忘れたの？」

「覚えているわけがないだろう！」

もはや杏子にまつわるエピソードでさえない。これ以上はつき合いきれないと、廉太郎も声を荒らげた。

「なにを言い合っているんですか、恥ずかしい。廊下まで聞こえてきましたよ」

パジャマから洋服に着替え、身支度を整えた杏子が談話室に入ってくる。少し瘦せたのか、よく着ているサマーセーターの、肩回りが心許ない。

「ねぇ、あの着替え持って来たのお父さん？」

「ああ、そうだが」

「だよね、トップとボトムが全然合ってないもん」

「なんだと！」

美智子は本当にひと言多い。女の服など分かるかと、廉太郎は気色ばむ。

杏子が二人の注意を逸らすように、軽く手を打ち鳴らした。

「はいはい、やめてください。お会計も済みましたから、帰りますよ」

「なに、終わったのか」

精算準備が整ったら病棟スタッフが呼びにくるというから待っていたのに、病室にいた杏子が呼ばれてしまったようだ。

「なんだそれは」とぼやきつつ、洗面具やタオル、パジャマなどが詰まったボストンバッグを肩に掛ける。案外汚れ物が少ないのは、杏子がある程度動けるようになってから、院内のコインランドリーで洗濯を済ませていたからだ。

急な入院から十三日目の土曜日、幸い固形食になった後も腸閉塞は再発せず、晴れて退院の運びとなった。

外は土砂降りの雨である。七月に入ってから強く降ることが多くなり、そろそろ梅雨が明けるのだろうかと期待が高まる。

「哲和さん、颯くんたちとお出かけでしょ。雨で大変ねぇ」

「ああ、平気平気。お台場の日本科学未来館に行くって言ってた」

美智子の夫、哲和くんは例によって子供たちのお守りのようだ。

すれ違う病棟スタッフに世話になった礼を言いながら、エレベーターホールへと向かう。しばらくすると抗がん剤の投与が始まるが、経口薬なので通院で済むらしい。かつての抗がん剤治療の物々しいイメージに比べれば、ずいぶんお手軽になったものである。

「どこか寄りたい所はあるか」

「いいえ、いいです。雨ですし」

数人のスタッフにエントランスホールまで見送られ、タクシーに乗った。杏子にとっては、久しぶりの我が家である。

「うわぁ、やっぱり私、来てよかった」

玄関の引き戸を開けたとたん、美智子が鼻の頭に皺を寄せた。

ジメッとした湿気と共に、玉ねぎが腐ったような臭いが立ち込めていたそうである。鼻が馬鹿になっているのか、廉太郎には分からない。杏子がハンカチでさりげなく口元を押さえているから、実際に異臭がするのだろう。

「大丈夫、こんなこともあろうかと、家から消臭スプレー持って来た！」

厚みのある胸を叩き、美智子が先頭に立って中へと入ってゆく。まるで探検隊である。

「えーっ、なんで二週間足らずでこんなに散らかせるのぉ」

「わ、汚れ物の山すごい。一度も洗濯機回してないって、マジで？」

「キャッ、ハエ！　コバエ湧いてんだけど！　生ゴミはマメに捨てて！」

「やだこれ、水カビ？　流しの桶で変なもの培養しないでよ！」

目についたものをいちいちレポートしてくれなくてもいいのだが、悲鳴を上げずにいられないようだ。杏子不在の日数は以前の家出よりうんと長く、気温も高くなっているのだから、推して知るべしである。

「ホント、信じられない！」文句を言いつつも、美智子は手早く家中の窓を開け、居間に散らばっていた新聞や靴下、郵便物などを片づけて座るスペースを作った。

「お母さんはいいからゆっくりしてて。私、ざっと掃除しちゃうから」

部屋の隅に溜まった綿埃（わたぼこり）が、砂漠の回転草のように畳の上を転がっている。だがそんなものは、少しくらい放置しておいても大丈夫だ。

「いいからちょっと、ここへ座りなさい」

廉太郎は空いたスペースに胡坐をかく。手招きをすると、美智子は「は？」と顔をしかめた。

「話があるんだ」

開け放した窓から銀バエまで入ってきて、耳障りな羽音を立てて飛び回っている。美智子は一刻も早く家の中をどうにかしたいようだったが、杏子にも目で促され、しぶしぶ座った。

二人分の訝しげな視線を浴びて、廉太郎はさも重大発表があるというふうに咳払い(せきばら)をする。

「実はな、来月のお盆までに仕事を辞めることにしたんだ」

「はぁっ？」と、目を剝いたのは美智子だ。またもや「信じられない」と言いたげな顔をしている。

「会社にはもう話をつけてある。今後は闘病する母さんの、サポートに回るつもりだ」

これまで杏子は廉太郎が仕事一筋でいられるよう、陰に日向(ひなた)に支えてくれた。ならばこれからは、こちらが支える番である。

仕事に生きた男、一ノ瀬廉太郎は、そろそろお役御免でいいんじゃなかろうか。杏子が先に逝ってしまうというのなら、あとは二人の時間をいかに積み上げてゆくかだ。忙しくて後回しにしてきたことを、共にやってゆこうじゃないか。

「そんな。お父さん、仕事が生き甲斐だったじゃないですか。あと五年は働くって言っていたのに、いいんですか？」

「ああ、もちろんだ。なにかやりたいことはないか。旅行でもするか？」

もっと喜んでくれるかと思ったのに、杏子は眉を八の字にして戸惑っている。欲のない女だから、急に希望を聞かれても考えつかないのかもしれない。

「ねぇお父さん、本気で言ってるの？」

美智子もまだ、腑に落ちてはいないようだ。仕事しか頭になかった父親の、心境の変化が摑めないのだろう。

「ああ」廉太郎が頷くと、美智子はとたんに目を吊り上げた。

「ふざけないでよ。サポート？　この家の現状見てから言えば？　料理できない、掃除できない、洗濯機すら回さない。それでなに、言うに事欠いて旅行って。今のうちにいい思い出作っとこうって？　理想ばかり追わないでよ。あんたが仕事辞めて家にいても、お母さんの負担が増えるだけ！」

ブンブンブンブン、銀バエがうるさい。まさか責め立てられると思っていなかった廉太郎は、ぽかんと口を開け、頭にハエが止まっても追い払うことさえできずにいる。

だがすぐに反論を思いつき、よろよろと立ち上がった。

「違う、違うんだ。ほら、見てくれ」

ダイニングの椅子に置いてあった通勤鞄から、本を数冊抜き出してくる。

『がんに打ち勝つ食事療法』『がんに負けない体を作る』『医師が勧める代替医療～フコイダンがガン細胞を殺す～』

杏子のサポートをすると決めてから、本屋に行って買ってきた本である。

「本なんか読んだって、どうせ『ああしろ、こうしろ』って上から指図するだけでしょ。トンデモ本っぽいのも交じってるし、お父さんって、なんでそんなに馬鹿なの！」

「こら、美智子」

父親に向かって馬鹿と口走った娘を、杏子は形だけ窘（たしな）める。だがその声の張りのなさは、おおむね美智子と同意見だと言っているに等しかった。

「ダメだよ、お母さん。この人はっきり迷惑だって言わないと分からないから。平日のお昼ご飯まで作らされるよ！」

「昼飯くらい、一人のときも作って食べてるだろう」

「主婦が一人でパパッと済ますご飯と、人に作るご飯を一緒にしないで！」

美智子はもはや、なにを言っても嚙みついてくる。だが会社にはすでに辞めると伝えてしまったのだ。今さら反対されても困る。

廉太郎の頭から飛び立った銀バエが、電灯の笠にカンとぶつかる。

カン、カン、カン、コン！

「ああ、もう我慢できない！」

いったん立膝になってから立ち上がり、美智子は自分の鞄からゴム手袋を取り出した。

「先に生ゴミと流しだけでも掃除しちゃう！」

「あ、じゃあ私も」

「お母さんは座ってて！」

三児の母だけあって、美智子の掃除は手際がいい。ゴミ袋を広げ、異臭を放っているものを片っ端から突っ込んでゆく。たしかに手助けは不要そうだ。

美智子に制されて座り直した杏子は、気まずそうに畳の目に視線を落としている。絶飲食を経て痩せたせいか、それは見慣れた妻の横顔ではない。

「俺が仕事を辞めて家にいるのは、迷惑なのか？」

廉太郎が尋ねると、杏子は観念したように目を瞑った。

「私は今、猛烈に反省しているんです」

なにを？　という問いかけは、声にならない。

廉太郎はただ、言葉を刻む杏子の唇を眺めていた。

「あなたがこんなになにもできない人になってしまったのは、きっと私のせいなんですね」

第四章　予兆

一

大きな花束を抱えて歩くのはどうも、ばつが悪い。電車の中でも道端でも、やけに見られている感じがする。

他者からの視線に、慣れていないのだ。ただ歩いているだけで衆目を集める色男とは、つくづく無縁の人生であった。

「お帰りなさい。まぁ、立派な百合(ゆり)！」

玄関の引き戸を開けると、迎えに出た杏子が目を細めた。

暑い盛りの盆休み前、五時台といえばまだまだ明るく、春日部駅から自宅までの間に廉太郎は大汗をかいていた。半袖のポロシャツの脇は色が変わるほど湿っており、さぞむさ苦しいにおいを放っていることだろう。

だがその悪臭を打ち消して余りあるほど、白百合は甘く香っている。

「長い間、お疲れ様でした」

花束を受け取り微笑む妻に、廉太郎は「ああ」と短く返す。寂しいのか晴れがましいのか、ほっとしたのか不安なのか、感情がまだ定まっていなかった。

今日、四十七年勤めた会社を退職した。正確に言えば六十歳で一度定年になり、嘱託として再雇用されたわけだが、気持ちの上では勤続である。

お盆商戦に向けての生産増でこのところ残業が続き、ようやく明日から連休に入るということで、スタッフ間には弛緩（しかん）した空気が流れていた。工場長の新田に花束を手渡され、やる気のない拍手に送られて廉太郎は工場を後にした。

「社長が、門のところまで見送ってくれたよ」

「そうですか。ありがたいことですね」

創業者の孫の、三代目社長である。入社間もないころは勉強のため商品開発部におり、廉太郎が直接指導したこともあった。ひょろりと細く頼りなかった青年も、脂を蓄えた五十男に変貌し、「長年の貢献に感謝します」といっぱしのことを言って握手を求めた。

自分もついこの間まで、そのくらいの年齢だったと思うのに。花と同じだ。咲くまでは長く待ち遠しく思えても、いったん枯れはじめると早い。

「お風呂、先に入るでしょう？」

花束を抱えたまま階段下の収納スペースから花瓶を取り出し、杏子が尋ねる。

そういえばこいつには、花をやったこともない。「ああ」と頷きながら廉太郎は、あらためてそう思った。

だいたいの帰宅時間に合わせ、風呂には湯が張られている。脱いだポロシャツで止まらぬ汗をざっと拭ってから、廉太郎はそれを脱衣籠に放り込んだ。

濡れ髪に扇風機の風を当て、風呂上がりの喉に冷えたビールを流し込む。

仕事帰りの風呂と、ビール。この充足感を味わうのもこれが最後だ。そう思い、「ぷはぁ！」と大きく息を吐く。

テレビのチャンネルはBSのナイター中継に合わされており、一回表、広島が中日（ちゅうにち）に二点リードされていた。廉太郎は口元を拭い、前のめりになる。

二アウト三塁。高く打ち上げたフライをセンターが危なげなくキャッチしたのを見て、ほっと肩の力を緩めた。

居間の座卓には、夫の労をねぎらうためのご馳走（ちそう）が次々と運ばれてくる。

刺身、鮎（あゆ）の塩焼き、茶碗（ちゃわん）蒸し、野菜と海老（えび）の天ぷら、ちらし寿司。ずいぶん張り切ったものである。

「無理はするな」

ビールを手酌で注ぎ足しながら、廉太郎は妻を気遣う。

「今日は気分がいいんです。しばらく薬がお休みですから」

「ああ、そうか」

食後に飲み忘れないようにと、このところ食卓の隅に置かれていた薬が見当たらない。休薬期間に入ったのだ。

杏子の抗がん剤治療は、二週間前からはじまった。二種類の抗がん剤を組み合わせることになり、点滴と経口薬を並行している。

三週間に一度病院で点滴をしてもらい、それと同時に経口薬を、朝夕二週間飲み続ける。その後の一週間は休薬期間。これを一クールとし、様子を見ながら八クール続ける予定だ。

「言われてみれば、顔色が少しいいな」

そんな気がする。あるいは廉太郎が、そう思い込みたいだけかもしれない。

「ええ。指先のピリピリはまだ治まりませんけども」

杏子はそう言って、両手の指をこすり合わせた。

抗がん剤の副作用は、薬の種類によって異なるらしい。点滴薬の名前は忘れてしまったが、飲み薬は包装シートに名前が印字されているので覚えた。ゼローダという。主治医の「甘ちゃん先生」からは、末梢神経障害と手足症候群に関しての説明があった。

「でもまぁよかったじゃないか。髪が抜ける心配はないんだろう？」

廉太郎はおもむろに箸を取り、海老の天ぷらをさくりと嚙る。杏子も「いただきます」と手を合わせてから、茶碗蒸しをゆっくりと口に運んだ。

「『抜けることは稀』らしいですよ」と、医師に告げられた通りに訂正する。

「医者はみんなそう言うんだ。万が一があったときの言い逃れにな」

幸い杏子の副作用は、さほどひどくはないようだ。手足のしびれや全身の倦怠感を訴えることはあるが、吐き気は薬でうまく抑えられているらしく、毎日ちゃんと動けている。頭髪が抜け落ちてゆくのは女性としては苦痛だろうから、その可能性が少ないと聞いてほっとした。外見の著しい変化は、傍で見ているだけでも辛いものがある。

「旨いな。美智子たちも来ればよかったのに」

廉太郎は好物の海老の尻尾を嚙みしめる。歯が弱ってきたのか、棘がちくりと歯茎に刺さり、顔をしかめた。

「都合が悪かったみたいですね」

杏子はしれっとした顔をしているが、本当は美智子が来るのを嫌がったのだろう。廉太郎が勝手に退職すると決めてしまったことを、まだ許してはいないのだ。

わだかまりはいったん忘れて、孫たちをできるだけ杏子に会わせてやってほしいのだが。

「七十間近のジジイが仕事を辞めると言っただけで、なぜあんなに怒るんだろうな」

口の中に指を突っ込んで棘を抜く。ほのかに血の味がした。

「長い間頑張って働いてくれたんですから、それはお父さんが決めていいことですよ」

杏子の微笑みに救われる。そうだ、廉太郎が仕事に打ち込んできたからこそ娘たちは大学にも行けたのだし、美智子に至っては結婚式の費用をかなり工面してやった。長年の労働に対し感謝されこそすれ、責められる謂れはないのだ。

専業主婦の分際で夫に家事育児の分担を強いている美智子は、そもそも己の役割すらまっとうしていないじゃないか。

その点廉太郎が外で戦っている間、しっかりと家を守ってくれた杏子はたいしたものだ。夫に家事能力が育たなかったことを、嘆く必要がどこにある。万全のサポートをしてきた証だと、胸を張ってもいいくらいだ。

定年退職者に花を渡す習慣も、本人への労いより、家で待つ奥さんに持ち帰ってやれという意味合いのほうが強いのではなかろうか。でなければ、男に花などやってもしょうがない。

いい妻を持ったと、あらためて思う。百合の花を見て喜んでいた杏子も、同じ気持ちでいてくれたらいいのだが。

「母さんもこれまで、ありがとうな」

口にしたことはなくとも、ずっと感謝してきた。だがいざ言葉にすると照れ臭く、独り言のような呟きになってしまった。

「えっ？」

聞き返す杏子は、驚いた顔をしている。聞き取れなかったというわけではないのだろう。

「おっ、よし行け、抜けた！」

二回の裏、広島にタイムリーヒットが出た。

恥ずかしい台詞(セリフ)を二度も言えるわけがない。廉太郎は「僕らのカープ」のタイミングのよさを、ガッツポーズで喜んだ。

二

開け放した窓からは、風はそよりとも入ってこない。その代わりに鳴きしきる蟬(せみ)の声が耳につき、まだ午前七時台というのにじりじりと、気温が上がってゆくのを肌で感じる。朝晩は窓を開け放てばどうにか過ごせるが、日中はやはりエアコンに頼らなければならないだろう。年寄り夫婦が熱中症により、家の中で死んでいたという記事が朝刊に載っている。

こめかみがじんわりと汗ばんできた。老眼鏡を外し、廉太郎は目頭を揉む。

盆休みのようで、盆休みでない。この先休みという概念が自分にはないのだと思うと、不思議な気分だ。長年にわたり平日と休日に切り分けられた日常を、なんの疑いもなく過ごしてきたというのに。

その垣根がなくなった今は、なにをするのも自由のはず。世界ミステリ全集の読破とか、毎日八時間寝たいとか、釣り竿(ざお)だけを持って一人旅とか、働き盛りには時間がなくて諦めてきた諸々(もろもろ)が積み重なっている。

ところがこの歳になってみると、新聞を隅から隅まで読み通そうとしても目が疲れるし、もっと寝たいと思っても六時前には目が覚める。それに、今さら新しいことをするのは億劫(おっくう)だ。

若いころの願望は、そのときに実現しておかないと気力体力がついてこないのだと分かる。我が身を取り巻く環境も変わってしまった。自分のことは、後回しでいい。それよりも、杏子と過ごす時間を大切にしたい。

眼鏡をかけ直し、読みかけの投書欄に目を落とす。『夫よりも友達と』と題された、六十歳女性の文章である。

曰(いわ)く、定年を迎えた夫との温泉旅行が苦痛以外のなにものでもない。縦の物を横にもしない夫。荷造りすら人任せで、旅館に着けば「母さんお茶」、風呂に行くときは替えの下着を出してやり、けっきょく世話を焼かされる。夫は百名湯を制覇するつもりでいるが、どうせなら温泉は気心の知れた女友達と行きたい。だって彼女たちは放っておいても、自分のことは自分でしてくれるのだから。

最後まで読んで廉太郎は首を傾げた。もう一度読み返してみたが、やはり投稿者の意図が分からなかった。これのどこが苦痛だというのだろう。

旅館にいれば、掃除も料理もその後片づけからも解放されるのだから、羽を伸ばすには充分ではないか。荷造りだの茶を淹れるだの、その程度のことはやってくれたっていいだろう。どのみち旅費は、夫の退職金から出ているに違いないのだ。

まったく女というものは、見せかけの平等ばかりを追い求めたがる。

投げ捨てるように新聞を置き、縁側の向こうの庭を眺める。狭いがよく手入れされた庭だ。日が高くなる前にと、杏子が鍔広の帽子を被って草むしりをしている。三日で丈を高くする夏草との攻防は、きりがない。

「もう、そのくらいにしておけ」

網戸越しに声をかける。病身なのだからゆっくりしていればいいのに、杏子ときたらさっきからちょこまかと動き回ってばかりいる。

「おい、杏子」

「分かってますよ。でも、もう少しむしっておかないと」

「いいじゃないか。ちょっとくらい草が生えていても、べつに死ぬわけじゃない」

言ってしまってから、失言だったかと冷や汗をかいた。

杏子はふーっと息を吐き、腰を叩きながら立ち上がる。

「それもそうですね」

首に掛けたタオルで汗を拭い、笑顔を見せた。

むしった草をゴミ袋に詰めてから、玄関に回る。「あらあら、すごい汗」と呟きながら、洗面所に入って行った。

食べるものに制約はあれど、見たところ杏子は元気そうだ。抗がん剤治療がはじまってもこの調子なら、悲観するようなことはなにも起こらないんじゃないか。案外このまま、三年五年と生き永らえそうな気がする。

この暑さが収まったら、やっぱり二人で旅行に行こうか。田舎の母が健在のころは年に一度は広島に帰っていたが、七回忌の法要を済ませてからは少しも遠出をしていない。指折り数えてみればもう十年。早いものだと驚いた。

「美智子は今日から秋田か」

洗面所に向かって声をかけるも、水を使っているらしく返事がない。

美智子たちはお盆には夫の哲和くんの実家へ、正月には廉太郎の家へ顔を出すのが習いになっている。なんでも哲和くんの実家が豪雪地帯で、冬は移動が困難だからそういう取り決めになったらしい。

次女の恵子が盆休み返上で働いているのは毎年のことだし、この家には仏壇がないから、これといってなにもすることがなかった。

「お父さん、ちょっと来てください」

杏子が呼んでいる。やれやれ、虫でも出たか。廉太郎は座卓に手をつき、立ち上がった。

　汗を拭き、着替えを済ませた杏子が洗濯機の横に立ってにこにこと笑っている。

　どうせ草むしりの後に汚れ物が出るからと、洗濯機は回していなかった。洗濯籠の中には廉太郎が昨日脱ぎ捨てたポロシャツが、バスタオルなどと一緒になって入っている。

「洗濯のしかたを覚えましょうか」と、杏子が言った。

「洗濯？」

　なにを言いだしたのかと訝しみ、廉太郎は眉を寄せる。

「そんなもの、洗濯機に入れてボタンを押すだけだろう」

「ええ。そうですけど、それだけでもないんです」

　杏子は少し背伸びをし、洗濯機の上部に設置したラックに並ぶボトルを指差した。

「たとえば洗剤一つ取っても、これが弱アルカリ性、中性、蛍光剤入り。どう使い分けるかご存じですか？」

　存じているわけがない。驚きの白さとか洗い上がりふんわりとか、洗濯洗剤のＣＭが流れてもろくに見ておらず、違いに着目したことなどない。メーカーが違うだけで、洗剤などどれも同じではないのか。

だが知らないと素直に答えるのは腹立たしい。廉太郎が黙っていると、杏子は勝手に説明をはじめた。

「弱アルカリ性が、一般的な洗濯物に使う洗剤です。それよりも洗浄力は落ちますが、中性洗剤は色柄ものに。ウールやシルクといったデリケートな素材もこちらです。蛍光剤入りは白いシャツや肌着など、白いものをより白く仕上げます。洗剤の種類によって分け洗いをすると、あまり失敗しませんよ」

廉太郎だって独身時代は一人暮らしをしていたが、どれもまとめてコインランドリーで洗っていた。結婚してからワイシャツが黄ばみづらくなったと思っていたのは、決して気のせいではなかったようだ。

「家庭で洗えるかどうか不安なものは、洗濯表示のタグを見てください。これは私がさっきまで着ていたサマーニットですけれど、ほら、桶に手を突っ込んでいる絵がついているでしょう。これは手洗いできますのマークです。桶にバッテンがついていると家では洗えませんから、気をつけてくださいね」

洗濯表示? そんなものが衣類の一枚一枚についていることすら、廉太郎は知らなかった。

「ちなみにこの表示、数年前に国際規格に変わったので、それ以前に買った服には別のマークがついています」

「ややこしい！」

そんな細々したことを、唐突に覚えろと杏子は言う。狭い洗面所は蒸し暑く、廉太郎は次第に苛立ってきた。

「なんだ、仕事を辞めたとたんにこの扱いか」

もはや稼ぎがないのだから、家のことを手伝えというわけだ。昨日は長年の労をねぎらってくれたというのに、見事な手のひら返しである。

「すみません。私がお父さんより長生きできるなら、こんなことをする必要はなかったんですけど」

はっと息を呑む音が聞こえた。自分の呼吸だと気づくのに、しばらくかかった。

「お父さんが一人になってからのことを考えると、心配でたまらないんです」

「いらん！」

反射的に叫んでいた。杏子はまだ生きているのに、三年五年と生きるかもしれないとさっき思ったばかりなのに、いなくなった後のことなど考えたくはなかった。

「だけど今のままじゃ、この家はすっかりゴミ屋敷になってしまいますよ」

「なればいいじゃないか。そんな心配をするくらいなら、自分の体を治せ！」

「治らないんですってば。何度言えば分かるんですか！」

杏子がついに声を荒らげた。あまりにも珍しい事態に、廉太郎は虚を突かれて言葉をなくす。細い手が、ぎゅっとスカートを握りしめた。

「私がいなくなったら、あなたの健康を守れるのはあなただけなんです。娘たちに迷惑はかけられないでしょう？」

涙の幕を張った瞳がきらきらと輝いている。杏子が美しく見えるときは、なぜか胸が引き絞られるように苦しい。

廉太郎だって無論、娘たちの世話になるつもりはなかった。彼女らは自分の人生で手一杯なのだし、同居を願っても気詰まりなだけ。この家で夫婦二人、老いてゆけばいいと思っていた。

けれども二人はやがて、一人になるのだ。

遺されるのが杏子なら、さほど問題はなかったのかもしれない。でも廉太郎は――。

荒れ放題の家の中、ゴミに埋もれて眠る老いさらばえた男の姿が脳裏に浮かぶ。気温は上昇し続けているのに、腹の底がぞわりと震えた。

俺はいったい、いくつまで生きるんだ？

杏子を失うかもしれないという衝撃が強すぎて、その後も続く己の人生にまで、頭が回っていなかった。仕事を辞めて親しい友人もおらず、毎日出来合いのものを食べ、いつか迎えが来るその日までゆっくりと衰えてゆく。

頭はいつまではっきりしているのだろうか。体はどこまで動くのか。ぽっくり逝くのが理想ではあるが、だとしたら誰が見つけてくれるのか。

そういった不安が波のごとく押し寄せてきて、廉太郎の表情を曇らせる。

すぐ近くに、杏子の訴えるような瞳があった。

「お願いします。もうあまり、時間がないんです」

余命一年と宣告されてから、すでに三ヵ月が経っていた。まさか医師の言うとおりきっちり一年なわけはなく、それより短い可能性だってある。杏子のタイムリミットが迫っているのは、たしかだった。

廉太郎は左の肘を掻きむしる。猛烈な痒みは後からきた。蚊に食われていた。

「あら、すみません。私が出入りしたときについてきたんですね」

あまり掻いちゃいけませんと手を取られる。肘の下がずいぶん腫れている。

「不思議ですね。私、少しも刺されないんですよ。毎年この時期は庭仕事をしていると、ヤブ蚊が多くて難儀したのに」

半袖のブラウスから突き出た杏子の腕には、点滴の痕が残っていた。抗がん剤を投与したときのものが、なかなか消えない。

「吸わなくても分かるんですね。この血はまずいって」

左肘に添えられた杏子の手を、廉太郎は真上から握り込んだ。

この女の「お願い」は、聞かないと必ず後悔することになる。先のことは分からなくても、それだけはたしかだった。

三

「なるほどねぇ。それで今、奥さんにしごかれてるってわけだ」

ガンさんのキャスティングはいつだって、ほどよく肩の力が抜けている。

目的のポイントに仕掛けが着水したのを見てリールを巻き、糸のたるみを取ってゆく。

廉太郎も餌となるアオイソメを針につけ、余分な長さを爪の先で千切ってから仕掛けを投げた。

この辺りは石が多く人工磯のようになっているため、根掛かりが怖い。それを見越して仕掛けは引っ張ったときに浮き上がりやすいものにしてあった。

「まったく、仕事を辞めてから毎日洗濯三昧ですよ」

大井ふ頭、午前五時半。早朝にもかかわらず釣り人の姿がぽつりぽつりと散見できる。思い思いの仕掛けをつけて、狙うはマハゼだ。

九月に入り、ハゼのシーズンも最盛期。ぜひとも立派に成長した姿を拝みたいものである。

久し振りに気分が高揚していた。水面は秋晴れの青を映し、涼しくなってきた風が頬を引き締める。仕掛けにつけたオモリが着底するのを待って、ゆっくりとリールを巻く。

「最近釣りにも行っていなかったから、それじゃあダメだと言うんです。気晴らしに行ってくるよう、強く勧められてしまって」

杏子のがんが発覚してからというもの、廉太郎は唯一の趣味すら楽しむのは気後れがして、釣り仲間のガンさんからの誘いを断り続けていた。それも杏子を思えばこそ。だが当の本人にとっては重荷だったようだ。

「やっぱり昼間留守にしていた亭主が、毎日家にいるというのは鬱陶しいもんですかね」

「さてねぇ」

ガンさんにさっそくアタリがあった。ゆっくりとリールを巻き取ってみれば、二十センチほどの大物である。

「俺なんか、ほとんど家にいなくても鬱陶しがられてたから、なんも言えねぇな」

獲物を手早く針から外し、水汲みバケツに泳がせる。次の一投の前にガンさんは、帽子を脱いで見事に禿げた頭をつるりと拭った。

三回の結婚と三回の離婚を経て、ガンさんは今や独り身だ。たしか廉太郎より五つ上。不便はないかと尋ねてみたら、気楽なもんだと歯の一本抜けた口を開けて笑った。

かつては不動産屋の社長で、羽振りがよかったころもあったらしい。六畳一間のアパートで、半額になった弁当をつつく老後など想像すらしなかったことだろう。それでも世を恨むことはなく、すべては一炊の夢と、悟ったように人生を語る。廉太郎は、ガンさんのそういうところが好きだった。

竿を握る廉太郎の手にも、アタリの感触が伝わってきた。ブルブルと、震えるように引く感じ。竿を立ててリールを巻き、魚を引き寄せる。

小さい。おそらく十センチにも満たない。ハゼ釣りシーズン開幕の、六月ごろのサイズである。

まぁいい、それでも唐揚げにすれば旨い。餌をつけ直し、ガンさんとほぼ同時にキャストする。

「しかしまぁ男の独り身だと、洗濯なんざ一度で済ませちまうけどなぁ。量も少ねぇし、洗い分けしてらんねぇだろ」

「そうですよね。色柄ものも一緒でしょう？」

「ああ。小便ちびったパンツと、食器拭く布巾も一緒だ」

ガンさんはアオイソメを触ったばかりの手でパイン飴の袋を剝き、口に放り込んだ。

「いるか？」と聞かれたが、廉太郎は首を振って辞退した。

「洗濯表示がまた分かりづらくって。ただでさえ老眼なのに、吊り干しだの濡れ吊り干しだの、線一本増える増えないの違いなんて見えませんよ」

「ほほう。そんなもん、今まで見たこともなかったな」

洗濯機を回したからといって、洗濯はそれで終わりではない。物干し台に干さなければならないし、乾いたら取り込み、畳まねばならない。ものによってはアイロンも必要で、杏子はそれらすべてを「洗濯」のカテゴリーに入れて覚えさせようとする。

「近ごろはそれに『掃除』も加わって、毎日追い回されていますよ。掃除機のかけ方一つとっても、うるさいうるさい。力を入れて押しつけるようにすると、かえってゴミを吸わないそうで」

掃除の基本は上から下、奥から手前。家庭の汚れはホコリと油と水垢の三種類しかないから、どこにどんな汚れが溜まるかを把握して。溜めずに毎日少しずつやってゆけば、大掃除の必要がないからかえって楽だ。そんなことを、繰り返し言われている。

「へぇ。俺は掃除機、週に一度もかけねぇな。目に見えるゴミさえなくなりゃ、それでいいもんな」

「トイレや風呂掃除の頻度は？」

「目で見てなんか汚れてきたなぁってころかな。まぁ俺も目が弱ってるから、あんまり見えてないいんだけどよ」

「うちはトイレの便器と風呂の浴槽だけは、毎日磨けと言うんですよ」

喋りながら、ガンさんは次々に大物を釣り上げてゆく。すぐ隣で釣っているのに、廉太郎の釣果は芳しくない。十センチ前後のハゼが数匹、バケツの中を泳いでいる。

「そりゃあれだな。お前さんに求めるにしちゃ、家事のレベルが高すぎる気がするな」

「でしょう。まさにそうなんです」

こんな愚痴は娘たちに零しても、「黙ってやれば？」と返されるのがオチだ。心強い味方を得て、廉太郎は勢いづく。

「女は元々家事に適しているからいいかもしれんが、男は違いますからね」

鼻息も荒く自説を開陳した。仕掛けをキャストしながら、ガンさんが「ははは」と乾いた笑い声を立てる。

「そこはまぁ個人差だな。俺の二番目の嫁は、壊滅的に家事ができんかった」

「いやそれは、親がやらせてこなかっただけでしょう」

「じゃあお前さんも、やってこなかっただけなんじゃないかな」

責めるでもなくそう言われると、すとんと腑に落ちてしまった。そんなはずはないと思うのだが、反論する言葉が見つからない。

「奥さんもさ、心配なんだろうよ。釣りに行けって勧めるのもたぶん、お前さんのためだろ」

ガンさんが二個目のパイン飴を口に含む。十年ほど前に心臓のバイパス手術をしたとかで、煙草をやめて以来飴が手放せなくなったそうだ。

「俺も何人か見てきたよ。仕事一筋だった奴ほど、定年で辞めたとたんに老け込んだり惚けたりしちまうもんだ。あとは嫁さんに先立たれた奴な」

そう言うガンさんのバケツの中は、ハゼの背中で黒々としている。薄汚い白猫が身を低くして近づいてきたのを見て、気前よく一匹投げてやった。

「せめて趣味がありゃ、生活に張りが出る。仲間がいるなら誘ってもらえる。俺だってな、これが今年何度目のハゼ釣りだと思うよ？」

真隣で釣り糸を垂れていても、釣果がまるで違う理由が分かった。ガンさんは、この場所と今年のハゼに精通している。

はじめて会ったときにもガンさんは、よく釣れるポイントを教えてくれた。あのときの獲物はマスで場所は秩父だったが、地元の人かと疑うほど詳しかった。

「男なんてのは、弱いもんだよ。この先の生きかたが決まってないんなら、奥さんの言うことを聞いておけ」

廉太郎はガンさんの横顔を盗み見る。たしか腹違いの息子と娘がいると聞いたことがあった。どちらも離婚を機に、疎遠になってしまったそうだ。

一人が気楽という言葉に嘘はないのだろう。それでもふいに、遣り切れなさに襲われる。酒も煙草もやめたガンさんにとって、それを紛らわせることができる唯一の娯楽が釣りなのだ。

このところ何度も誘いを断っていた廉太郎からの電話を、責めも呆れもせず「じゃあハゼのチョイ投げでもするか」と受け入れてくれた。飄々と生きているように見えるガンさんにも、孤独は常につきまとう。

「そういうもんですかね」

「そういうもんだよ」

水面を眺めるガンさんの目は、諦念を滲ませつつも優しかった。

次はもう少し遠くに飛ばしてみよう。

た。

　そう思いつき、廉太郎は背後を確認してから竿を振りかぶる。

　だが妙に力んでしまい、仕掛けは目標よりずいぶん手前でポチャリと情けない音を立てた。

　船宿の釣り船が動きだす時間になると、海底の砂が巻き上がって水が濁り、まったくアタリがこなくなった。

　ポイントを変えてみるも、それ以降はパッとせず。八時過ぎには諦めて帰ることにした。

「奥さん、揚げ物ダメなんだろ？　でかいのなら刺身で食えるから、こっち持って帰んなよ」

　ガンさんが、黒々とした自分のバケツを指差す。おそらく三十匹はいる。

「いいんですか？」

「ああ。俺なんざどうせ一人だから、ちょこっと天ぷらにして食えればいいさ。待ってな、神経締めしてやるから」

　ハゼのような鮮度の落ちやすい魚は、刺身で食べるなら生かしたまま持ち帰る必要がある。家が近ければクーラーボックスに海水を入れて持ち運べばいいが、春日部までの道のりの途中で大半が死んでしまうだろう。その点神経締めにしておけば、身が硬直するのを遅らせ、鮮度も保てるそうである。

ガンさんは慣れた手つきでハゼのエラから血抜きをすると、眉間をアイスピックでひと突きし、その穴に針金を差し込んでゆく。ハゼがビクビクッと痙攣すれば終了である。少し残酷な気もするが、どのみち殺して食べるのだ。廉太郎は心の中で神経を破壊されてゆくハゼたちに手を合わせた。

ガンさんの車はおんぼろの軽トラである。荷物はたっぷり積めるものの、シートを倒すことができず、乗り心地はすこぶる悪い。それでもどうせ通り道だからと、行き帰りに乗せてくれたのはありがたかった。ガンさんは春日部よりやや北の、幸手市に住んでいる。

「じゃあ、奥さんによろしくな」

面識もないのにそう言って、家の前で下ろしてくれた。お茶でも飲んでってくれと誘ったが、奥さんの負担になるからと手を振って帰ってゆく。軽トラが曲がり角に消えて見えなくなってから、廉太郎は門扉を開けた。

四

「ただいま」

玄関に入り、帰宅を告げる。

いつもなら気配を察して出迎えてくれる杏子の、足音がしない。買い物にでも出たのだろうか。そのわりには家中の窓が開いている。

訝りつつも廉太郎は、釣り竿とクーラーボックスを三和土に下ろす。開けっぱなしの襖から居間を覗くと、杏子がタオルケットを掛けてうたた寝をしていた。

夏の余韻を残すガラスの風鈴が、涼しげな音を立てる。腹の上で組み合わされた手が死人のようで不穏だが、杏子の胸は規則正しく上下していた。

抗がん剤も三クール目に入り、昨日点滴薬を打ったばかりである。そのせいで、疲れているのかもしれない。座卓の上には朝食代わりに食べたらしい、ヨーグルトのカップが載ったままだった。

よし、ちゃんと食べているな。

廉太郎はヨーグルトが空になっていることに満足して、カップを台所の蓋つきゴミ箱に捨てる。同じものが冷蔵庫にまだ五つある。ナチュラルキラー細胞を活性化させると謳われているヨーグルトである。

ナチュラルキラー細胞というのが、ガン細胞を排除する働きをするそうだ。このヨーグルトを、最低でも朝と晩に食べるよう杏子に言い聞かせている。他にも本に書かれていたとおり、牛肉、加工食品、精製食品は極力摂らせず、野菜、果物、海産物、発酵食品を多く食べさせるようにしていた。

米も本当なら精製された白米ではなく、玄米を食べるべきだが、食物繊維が多く腸閉塞予防の観点ではNGだ。遺憾ながら、白米には目をつぶるしかない。

おかげで先月末の検査では、腫瘍マーカーが下がっていた。廉太郎も、もはや杏子が助からないという事実は理解している。だがこの調子で自己免疫力を上げていけば、余命が数ヵ月でも延びるのではないかという希望が芽生えた。

次は野菜や果物の酵素を壊さないという、低速ジューサーを買ってみようか。少し高いが栄養を手軽に摂取できる上に、杏子の体にとってはよくない食物繊維を分離することができる。食欲がないときだって、ジュースなら無理なく飲めるだろう。

そんなことを考えながら洗面所で手を洗っていると、物音に気づいたのか杏子が起きてきた。

「お帰りなさい。早かったんですね」

頬に畳の跡がついている。そのことを指摘すると、杏子は「あら嫌だ」と両手で顔を覆った。

朝が早かったので、まだ十時を少し過ぎたばかり。「昼飯はご馳走だぞ」と宣言して、廉太郎は杏子をダイニングの椅子に座らせた。

玄関からクーラーボックスを取ってきて、足下に置く。ハゼは直接氷に触れないよう、タッパーの中に入れている。

「あら、たくさんですね」

蓋を開けて見せると、杏子は嬉しそうに頬を緩めた。

「さっそく唐揚げにしましょうか」

椅子の背に掛けてあったエプロンを手に取り、立ち上がろうとする。廉太郎は慌てて両手を突き出した。

「いや、待て待て。生で食えるように、ガンさんが神経締めにしてくれたんだ。刺身にしてくれ」

これだけのサイズなら、きっと肝も大きいだろう。肝刺しにして醤油に溶かしたら最高だ。どのみちするべきことはないのだから、少しだけ酒を飲んでしまおうか。

「お刺身ですか」

「ああ、旨いぞ」

かつてガンさんにその場で捌いてもらい、食べたことがある。上品な白身で歯ごたえもよく、マダイやヒラメよりも旨いくらいだ。

廉太郎がそう力説しても、杏子はなぜか乗り気ではなかった。

「やっぱり、唐揚げにしませんか」

「それじゃあ、母さんが食べられないだろう。揚げ物は控えているんだから」

抗がん剤治療中は免疫力が低下するので、生ものを控えるようにと言う人がいる。しかし廉太郎が読んだものの本によると、その根拠は乏しいそうだ。生ものを禁止する群と、生ものを食べてよい群に患者を分けて比較しても、両者に違いは見られなかったという。

「釣ってきたばかりの新鮮な魚だから、食中毒の心配もないと思うんだが」

廉太郎の舌はもう、なにがなんでも刺身がいいと騒いでいる。海端でもないかぎり、めったに食べられないのである。

「ですが――」

杏子はまだ煮えきらない。両手の指を揉みながら、もじもじしている。

廉太郎の脆弱な忍耐力は、早くも限界を迎えていた。

「なんだ、俺の釣ってきた魚は食えないのか！」

実際に釣ったのはガンさんだが、都合よく忘れて怒鳴りつけた。

「違うんですよ。たぶん昨日のエルプラットのせいだと思うんですが、指先の感覚がちょっと」

「エル？　ああ、抗がん剤か」

思い出した。点滴のほうの薬が、そういう名前だった。

「指先が痺れるっていうのは、一クール目から言っていただろう」

それでもべつに、日常生活に支障はなかった。少なくとも、廉太郎の目にはそう見えた。

「ええ。その感じも残っているんですけど、なんだか鈍くって」

杏子は頷き、卓上に出ていた七味の小瓶を握りしめる。

「たとえばこうやって物を持つでしょう。これが、厚手のゴム手袋越しに握っているような感覚なんです」

廉太郎は思わず、自分のフィッシングパンツの膝を撫でていた。

表面に撥水（はっすい）加工が施されており、滑（なめ）らかな触り心地だ。長年穿き続けているため、膝頭が薄くなっているのが分かる。つまり杏子は指先の、この微細な触覚を失っているのか。

「唐揚げなら頭とお腹を取ればいいだけですけど、お刺身となると三枚おろしですから。ちょっと、できる自信が――」

言いづらそうに言葉を濁し、杏子は助けを求めるようにこちらを見た。

大物とはいえ、しょせんは小魚のハゼである。ゴム手袋越しの感触で、まともに捌けるとは思えない。

杏子の体の中では、いったいなにが起こっているのだろうか。

廉太郎はしばし呆然と、神経を壊されたハゼたちを見下ろしていた。

洗濯と掃除なら少しくらい覚えてもいいが、料理はべつに構わないだろう。

今時外食には困らないし、コンビニにだってお一人様用の惣菜が充実している。冷凍食品やレトルトのクオリティも上がっているというじゃないか。それに自炊をしなければ、コンロ周りの掃除をしなくてもよく、一石二鳥。ともかく料理までは手が回らないから、勘弁してくれ。

あたりまえのように料理技術の習得まで求めてきた杏子に、頼み込んでそれだけは免除してもらえることになった。誰にでもできると高をくくっていた洗濯ですら、所々で躓いている廉太郎だ。料理はいかにも難しそうだし、包丁も怖い。とてもできるようになる気がしなかった。

それなのに今、小出刃を握って台所に立っている。まな板の上には粗塩を揉み込み流水で洗ったハゼが、捌かれるのを待って寝そべっていた。

「まずは包丁を立てて、鱗をすき取ってください。そして胸びれのところから包丁を入れて、頭を落とすんです」

傍らに杏子が立ち、三枚おろしの手順を説明してゆく。口だけで言われてもイメージが湧かず、廉太郎はもたもたするばかりである。

「もう少し具体的に言ってくれ。角度は？」

「なんの角度です？」

「包丁を入れる角度だ」

「よく分かりませんが、じゃあ四十五度で。中骨に当たったら反対側からも切り込みを入れて、そうすると頭が落ちますから」

言われたとおりにして最後に中骨を断つと、頭がころりと転がった。

「わっ！」廉太郎は驚きに身を震わせる。

ガンさんは釣った魚は自分でひととおり捌くそうだが、廉太郎は血抜き程度のことはしても、後は持ち帰って杏子に丸投げしてきた。頭を落としたのははじめてで、すっかりへっぴり腰である。

それでも自分で捌かねば、旨い刺身にありつけない。覚悟を決めて腹を割き、内臓を掻き出す。肝だけは別にして、氷水を張ったボウルに落としておく。

「お腹の中をよく洗ったら、中骨に添っておろしてゆきます。なるべく骨に身が残らないように、気をつけて。反対側も同じようにすると、ほら、三枚になりましたね？」

なるほど、それで三枚おろし。中骨にずいぶん身が残ってしまったが、どうにかそれらしくはなった。

さらに腹骨をすき取り、皮を引く。包丁を立てすぎたせいで、皮が途中で千切れてしまった。

「どうにも下手だな」

「何匹かやっていると、そのうちコツを摑みますよ」

その言葉どおり、七匹目あたりで包丁の角度や力の入れ具合が分かってきた。十五匹目を数えるころには、はじめの一匹とは見違えるほどの出来になった。

「これ本当に、全部お刺身にするつもりですか？」

すぐに飽きると踏んでいたのだろう。杏子は思いがけぬ夫の集中力に驚いている。

「そのつもりだ」

「こんなに食べきれませんよ。半分は昆布締めにして置いておきませんか」

昆布締めにしておけば、二日や三日は保つ。それはいいアイデアだった。


炊きたての白飯に、ハゼの刺身と肝、大根の味噌汁は昨夜の残り。中骨は軽く塩を振ってグリルで焼き、小ナスの漬物とほうれん草の海苔和えを添えての昼食となった。

「ああ、これこれ！」

肝醤油に刺身をひと切れ潜らせる。口に含んだとたん、廉太郎は眉間をきゅっと寄せて唸った。淡泊な白身ながら、もっちりとした歯ごたえ。ガンさんの締めかたがよかったのか泥臭さはまったくなく、我慢しきれず日本酒に手が伸びる。

これが辛口の酒と合わないわけがない。冷酒のグラスに口をつけ、廉太郎は間違いないと頷いた。

「な、旨いだろ？」

刺身を咀嚼する妻の顔を覗き込む。杏子はほのかに口角を上げ、微笑んだ。

「ええ、とっても」

なんとも反応が物足りない。ハゼの刺身はただ旨いだけでなく、意外性がある。見た目が悪く初心者でも簡単に釣れる魚が、高級魚をも凌ぐほどの美味なのだから。はじめて口にしたのなら、もっと新鮮な驚きがあっていいはずである。

「前に食べたことがあるのか？」

「いいえ、はじめてですよ」

杏子は白身魚よりも、どちらかと言えば光りものが好きだ。食欲がないのか、あまり箸が進まない。白米も、仏様に供えるような小さな器で食べている。

なんだ、せっかく捌いてやったのに。

あまりにも張り合いがない。三十四ものハゼをおろすのは、なかなか骨の折れる作業だった。危うく指を切りそうにもなった。むろん自分が刺身を食べたかったからだが、一人ならここまではしなかっただろう。杏子と共に、旨いと言い合って食べればこそである。

夫がはじめて包丁を握ったのだから、もっと褒めてくれてもよかろうに。

不満を胸に募らせながら、廉太郎は味噌汁を啜る。お椀の縁につけた唇の先に、違和感があった。

「おい！」

唇に貼りついたものを指で摘まむ。灰色がかった髪である。この長さは杏子のものだ。

「いやだ、すみません」

杏子がさっと顔色を変える。長年共に暮らしているが、こんな失態は今までなかった。

「すぐに新しいものを」

「べつに構わん。次からは気をつけろ」

他人の髪なら一大事でも、杏子の髪ならさほど汚いとは思わない。不愉快ではあるが、取り除いてしまえばそれまでだ。

「本当に、すみません」

それでも杏子にはショックだったらしく、痛ましげに眉を寄せている。その顔を見て、廉太郎は少しばかり溜飲を下げた。


一ノ瀬家の風呂の時間は、廉太郎が退職してからさらに早まった。まだ日の高いうちから湯船に浸かり、西日に輝く庭を眺めながら縁側で団扇を使う。そうするうちに、夕方の定時チャイムが町に流れだす。

残暑の候とはいえこの時刻になると風は涼しく、どこからともなく聞こえてくるツクツクボウシの鳴き声が夏の終わりを実感させた。

汗が引くのを待ってから、座卓の上に用意された缶ビールのプルタブを起こす。ナイター中継までは今しばし。首位を独走している広島東洋カープは八月のうちに優勝マジックを点灯させており、申し分なかった。

廉太郎の風呂が早いと夕飯前に、杏子もひとっ風呂浴びられる。先に入れと言っても聞かない女だ。それなりに、気を利かせたつもりである。

風呂を済ませておくと夜が長い。廉太郎は録画しておいた番組を見ようと、リモコンを手に取った。

このところ、がんにまつわる番組はすべてキーワード予約で録画している。たまに闘病中の恋人を支えるお涙頂戴のテレビドラマが録画されていて閉口するが、いちいちラテ欄をチェックしなくてもいいのだから、便利になったものである。

廉太郎は『がん〜これからの時代へ〜』というタイトルを選択し、再生ボタンを押す。なにか有用な情報があればと、紙とペンの用意もした。

がんを切らずに凍らせて死滅させるという、最新医療が紹介されている。だがこれは乳がんのケースだ。転移があると対応できないと聞き、早送りをする。

次に出てきたのは医療美容師。抗がん剤の副作用によって脱毛が見られた患者向けに、ウィッグのカットや心のケアを行う、民間の資格だという。

そんなものがあるのかと、心のフックに軽く引っかかったが、これも杏子には関係がない。そう判断して早送りボタンを押す。

「キャッ！」

短い悲鳴が聞こえた気がし、廉太郎はリモコンを放り出した。洗面所だ。

「どうした！」

閉まっていた引き戸を開ける。風呂上がりの杏子が愕然とした顔で振り向いた。

パジャマに着替え、濡れ髪を梳かしていたところらしい。震える手に、ヘアブラシを握っている。

こちらにそれを、差し出してきた。ごっそりと抜けた髪が、ブラシの毛に絡みついていた。

換毛期の犬じゃあるまいし。とっさに頭に浮かんだのは、子供のころに飼っていた雑種犬だった。

「抜けないんじゃなかったのか？」

「『抜けることは稀』、です」

青ざめているくせに冷静に訂正し、そうすることでいくぶん正気を取り戻したようだ。杏子は片隅のゴミ箱を引き寄せて、ブラシに絡んだ髪をほぐしてゆく。

「すみません、ちょっとびっくりしてしまって。こういうこともありますよね」

まるで、自分に言い聞かせるような口調だった。丸めた背中が、ひと回りもふた回りも小さく見えた。

第五章　献身

一

「おはようございます」

「おはようございます。いい天気でよかったですね」

「だけど、朝晩が肌寒くなってきて」

「そうそう、膝が痛むのよ」

「アタシは腰。もう、やんなっちゃう」


見事に六十代以上と思われる熟年者ばかりが、斜め向かいの自治会長の家の前に集まっている。皆ジャージやスウェットという簡便な服装で、足下はゴム長靴。男女比率は半々といったところか。

物置から取り出してきたシャベルを手に持ち、廉太郎はそこここで交わされる挨拶と、聞かれてもいないのに始まる不健康自慢に棒立ちになっていた。爽やかな朝を感じさせるのは、小鳥の囀る声だけだ。

「おはようございます。今日はよろしくお願いします」

勝手知ったる杏子はよそ行きの笑みを浮かべ、すんなりと輪の中に加わった。

「あら、奥さん。あなたちょっと大丈夫なの？」

忙しなく手招きをしながら迎え入れたのは、自治会長の奥さんだ。フランス土産だと言って、これ見よがしにエッフェル塔型の缶に入ったクッキーをくれた人である。

体の線が出ないジャージを着ていても、杏子がひと回りもふた回りも痩せたことは見て取れる。露出した首や手首は折れそうなほどで、余計に細さが際立っていた。頭にニット帽を被っているわけも、皆承知の上なのだろう。

「ええ、主人もおりますから」

杏子がそう答えたとたん、奥様たちの視線が一斉に廉太郎へと注がれる。珍しいものを見たとでも言いたげな面々に、廉太郎は居心地悪く会釈を返した。

この界隈では春と秋の年二回、自治会の旗振りによる溝掃除が行われる。各戸一人は必ず参加しなければならず、不参加の場合は二千円のペナルティが科されるそうだ。

長年暮らしてはきたが、日曜の朝からそういった近所づき合いに駆り出されるのは煩わしく、ずっと杏子任せにしてきた。回覧板を回すのすら、指一本動かしたことはない。

それなのに溝掃除のお知らせという用紙を見ながら、杏子がふいに尋ねてきたのである。

「お父さん、この家には住み続けるつもりですか」

含みを持たせた言いかただった。「私がいなくなった後も」という省略されたひと言を頭の中で補って、廉太郎は大きく顔をしかめた。

「あたりまえだ！」

一人で住むには広すぎる家だ。掃除は面倒だし、段差も多い。体の自由が利かなくなったら手放さざるを得ないかもしれないが、廉太郎にも執着がある。今はまだ、そんな先のことまで考えられない。

「そうですか。だったらこの溝掃除は、一緒に出ましょう」

杏子はまるで決定事項のようにそう言って、回覧板に閲覧済みの判子を押した。「仕事で疲れている」という免罪符がもはや使えなくなった廉太郎は、「ああ」と頷くしかなかった。

溝掃除は八時からと聞いていたのに、七時半にはだいたいの住人が顔を揃え、ぼちぼち始められることになった。朝の早い年寄りは、時間を持て余しがちなのだ。

こうして見ると、地域住民の高齢化がずいぶん進んだものである。若夫婦と同居の家でも共働きが多く、日曜の朝くらいゆっくり寝かせてやろうという配慮から、舅姑が出てきている。

「腰、気をつけてくださいね」

側溝の溝蓋に手をかけたタイミングで、背後から注意を促された。

振り返ってみると、隣家の主人である。たしか廉太郎よりも、三つか四つは若いはず。それでも六十で定年してからずっと家にいたせいか、見た目はずっと老けていた。

「ああ、本当だ。重いですね」

コンクリート製の溝蓋は、女の細腕では動かないのではと訝るほど重量があった。不用意に持ち上げると、ぎっくり腰になるかもしれない。

忠告に従い慎重に蓋を持ち上げ、手前に置く。各戸の前の溝がそれぞれの分担範囲である。

角に建つ家は負担が多いので、早く終わった者が手を貸すようだ。参加者がいない家の前も、手分けをして済ませる。底にゴミが残るとけっきょく水が流れないので、一斉にやってしまわないと意味がない。

腰を入れ、用意したシャベルでヘドロを掬う。これもまたずしりと重い。青いビニールシートにいったん出し、自治会の一輪車で所定の場所まで運ぶという。紛うかたなき力仕事である。

こんなことを、杏子は一人でやってきたのか。

十一月も半ばというのに、じわりと汗がにじみ出る。軍手をはめた手の甲で、廉太郎は額を拭った。

体の弱った杏子は軽作業に回されて、竹箒で歩道を掃いている。自治会の共同作業など、女の仕事と思っていたのに。

「なかなかきついでしょう」

話しかけられて、無意識に腰を叩いていたことに気がついた。隣家の主人が嫌味のない笑顔でヘドロを掻き出している。慣れた様子からすると、溝掃除には毎回参加しているようだ。

「なにせ年々人が減ってゆきますからね。若い人は自治会に入りたがらないし、年寄りは体の自由が利かなくなるしで」

時間通りに外に出てきた若い夫婦が、すでに掃除が始まっているのを見て慌てているのが窺える。若者は、そりゃあ年寄りのルールに合わせるのは嫌だろう。

「そこの家の婆さんも、一人暮らしなんだけど認知症が進んじゃってねぇ。そういう人からも不参加ペナルティは取るべきかって、この前議論になってましたよ」

廉太郎はさりげなく隣の表札に目を走らせる。そうだった、斉藤（さいとう）さんだ。この人は自治会の会合にまで顔を出しているのか。

「だけど、明日は我が身かもしれないでしょう。こういった集まりも、十年後にはどうなってるか分かったもんじゃない」

よく喋る男だ。一人息子はたしか、美智子より二学年下だったはず。転勤の多い仕事をしていると、杏子から聞いたことがあった。

「自治会の子供祭りも、なくなってずいぶん経ちますからね。寂しいもんですよ」

そういえば美智子や恵子が子供のころは、夏になると児童公園に櫓（やぐら）を組んでいたものだ。いつからあれを見なくなったのか、廉太郎には分からない。昔はうるさいほどだった子供たちの声も、近ごろあまり聞かなくなった。

「それで、どうなったんですか」

「え？」

「ペナルティの件」

曖昧（あいまい）な相槌を打つだけだった廉太郎が、急に喋ったので驚いたのかもしれない。斉藤さんは「ああ」と軽く胸をさすった。

「取ることになりましたよ。その分他の人の作業が増えるので、手間賃ってことで」

聞けば仕事で誰も出られない家からも、ペナルティを取っているらしい。そのあたりから不満が出ないよう、平等にしたということだ。

しかし平等とはなんだろう。廉太郎は積み上げたヘドロを一輪車に移しながら、首を傾げる。少なくとも、僅(わず)かな年金で暮らしている要介護の老婆から、金を取ることではない気がした。

「一ノ瀬さんは、最近お仕事を辞められたんですよね」

よっこいせ、という掛け声と共に斉藤さんも、ヘドロの溜まったビニールシートを持ち上げる。歳より老けて見えるのは、おそらく姿勢がよくないせいだ。廉太郎は意識して背筋を伸ばす。

「家にいると、時間を持て余しませんか」

自分も通ってきた道だと言わんばかりに、斉藤さんが微笑みかけてくる。廉太郎は「ええ、まぁ」と頷いた。

仕事を辞めてから、すでに三ヵ月が経つ。相変わらず掃除や洗濯を仕込まれてはいるが、それだけで一日が埋まるはずもなく、唯一の楽しみとも言えたプロ野球も広島がリーグ優勝を決め、クライマックスシリーズでも勝利し、日本シリーズの優勝は逃すという、嬉しくも残念な結果に終わった。そのせいでよけいに、魂が抜けたようになっている。

「手が空いている人は、こっちを手伝ってくださーい！」

自治会長の奥さんが、参加者がいない家の横で手を振っている。自宅前を終えた廉太郎は、溝蓋を閉めるのを後回しにして、そちらに向かうことにした。

斉藤さんも同じ思惑らしく、足並みが揃う。なにが楽しいのか分からないが満面に笑みを広げ、廉太郎の顔を覗き込んできた。

「ときに一ノ瀬さん、将棋(しょうぎ)はお好きですか？」

二

他人の家に遊びに行くなんて、いったいいつ以来のことだろう。

三十代のころは自宅に部下を招くのが好きな部長に誘われて、奥さんの手料理を振る舞ってもらったりもした。ほとんど思いつきで誘ってくるので、奥さんにとっては迷惑だったに違いない。その作り笑いが恐ろしく、それからは人の家庭にお邪魔するのを躊躇(ちゅうちょ)するようになってしまった。

「どうぞどうぞ、こちらへ」

だから上機嫌の斉藤さんに迎え入れられても、廉太郎の態度はぎこちない。脱いだ靴をやけに丁寧に揃え、スーパーのレジ袋を差し出した。

「これ、つまらない物ですが」

急な誘いゆえに、手土産を用意する暇もなかった。溝掃除を終えて着替えをしてから、慌てて買ってきた箱菓子である。

「ありがとうございます。でも、次からは手ぶらで来てくださいね」

斉藤さんは素直にレジ袋を受け取って、「お気遣いなく」と眉尻を下げる。そんなわけにはいかないだろうと内心では思いつつ、廉太郎は「はぁ」と頷いた。

気まずいなら将棋に興味はないと言ってしまえばよかったのに、つい正直に答えてしまった。将棋盤を挟んで祖父と対峙(たいじ)していた少年時代のひたむきさが、胸に蘇(よみがえ)ったせいである。

祖父は将棋が強かった。とても太刀打(たちう)ちできなかったが、それでも学校から帰ると真っ直ぐに祖父の部屋に行き、手合わせを願った。手加減されると泣いて怒り、連敗するとやはり泣いた。一度もまともに勝てたことがないまま、祖父は廉太郎が十二のときに他界してしまった。

「ずいぶん長いこと指しておりませんが」

言い訳がましく答えると、「なら、久し振りにひと指し」と斉藤さんに誘われた。緊張しつつも、対局が楽しみでならなかった。

「あっちの和室で、座って寛いでいてください。すぐお茶を淹れますから」

そう言いながら、斉藤さんは左手のダイニングキッチンへと姿を消す。廊下の突き当たりの襖が開けっぱなしになっており、そちらが居間のようだ。

遠慮がちに足を踏み入れ、驚いた。部屋の中央には脚つきの分厚い将棋盤。対局用に座布団が二枚敷かれているが、それだけだ。家具もテレビもなく、床の間はがらんどう。まるで使っていないかのように、生活感がない。

さては家を出た息子の部屋だったか。その割には画鋲や粘着テープの痕が残っていないなと、きょろきょろしながら上座に着く。男の子というのはむやみやたらに、部屋にポスターを貼りたがるものと思っていた。

「はい、どうもお待たせしました」

しばらくすると斉藤さんが、いそいそとお盆を運んでくる。

マメな男だ。差し出された菓子鉢には、廉太郎が持参した菓子と、せんべいなどがバランスよく盛られている。その一方、茶托は夏用の竹製で、そのちぐはぐぶりが目についた。

「奥さんはお出かけですか」

朝の掃除のときも、見なかった。なにげなく尋ねてみると、斉藤さんはまるで死人の消息でも聞かれたかのように目を丸くした。

「えっ、まさかご存じないんですか？」

なにをだ。問う代わりに廉太郎は首を捻る。他人の事情など知ったことではない。

「ずいぶん前に、出て行かれてしまったんですけども」

「あっ！」

思い出した。廉太郎は思わず斉藤さんの顔を指差した。

そういえば、一時期噂になっていた。一人息子の就職を機に、奥さんに三行半を突きつけられたらしいと。そのときは、情けない男もいるものだという程度の感想しか抱けなかった。

「ああ、はい。なるほど。斉藤さんでしたか」

「いやぁ、昔からいる人にそんなことを聞かれるとは思いませんでしたから、驚きました」

「すみません」

どれだけご近所のことに関心を払わずに生きてきたのだろう。廉太郎は気まずさに身を縮める。

　斉藤さんは、「いやいや、分かりますよ」と鷹揚に笑った。

「外へ働きに出ていると、半径五十メートル以内で起こっていることなんて、ひどく退屈でくだらないものに思えてしまいますよね」

「そんなことは――」

　とっさにフォローを入れようとした廉太郎だが、図星を指され、先の言葉が続かない。

斉藤さんは、気分を害した様子もなく目を細めた。

「私ね、医療機器メーカーの営業マンだったんですよ。それがけっこうな激務でしてね」

　医者が相手の営業職は、辛いと聞いたことがある。機器に不具合があれば休日でも深夜でも関係なく呼び出され、そのくせこちらから用事があるときは、目当ての先生が出てくるまで医局の前でひたすら待つ。体か心、もしくはその両方を病むので離職率が高いという。

「最近はそうでもないですが、昔は接待もずいぶん派手でした。偉い先生になるとこっちを同じ人間とは思っていません。太鼓持ちのようなことをやらされて、へらへら笑ってなきゃいけない。そのぶん家に帰ってから、妻の話を聞くのが苦痛でねぇ」

　自分で淹れたお茶をひと口啜り、斉藤さんは眉を寄せた。記憶の中に残る痛みを、嚙みしめているようである。

「ノルマと医者のパワハラで神経すり減らしているときに、よそ様の子が有名中学に受かろうが、嫁姑仲がまずかろうが、どうだっていいじゃありませんか。平和ボケしやがってと腹が立って、『うるさい』と怒鳴りつけたことだってありますよ」

目の前に座っている温厚そうな男からは、想像もつかない話だった。それだけ仕事がきつかったのだろうと、同じ世代だけに共感できる。廉太郎はむしろ、うっすらとしか顔を覚えていない斉藤さんの元妻に腹を立てた。

「失礼ですが、それは奥さんも配慮が足りないですよ。疲れているときくらい、そっとしといてほしいじゃないですか」

「ええ。だけどあのころは妻だって、ほとんど一人で子供を育てていたんですよね」

「そんなもの、仕事のストレスに比べれば」

「私も当時はそう思っていたんですけどねぇ」

斉藤さんは一瞬遠い目をしたかと思うと、また口元に笑みを滲ませる。

「ま、本当に大事なものは、半径五十メートル以内にあったという話です」

強引にそうまとめると、将棋駒(ごま)の入った木製の箱を差し出してきた。

「平手打ちでいいですか?」

それ以上元妻の話を続ける気はないらしく、すでに頭を切り替えている。「ハンデはいりませんか？」と暗ににおわされて、廉太郎は「もちろんです！」とむきになった。

斉藤さんは、恐ろしいほど将棋が強かった。

聞けば若いころにアマ二段を取ったらしく、子供時代に少し齧った程度の廉太郎では手も足も出なくてあたりまえだ。一局目は瞬く間に負けて、二局目は飛車角落ちのハンデをつけてもらったが、やはり負けた。

「趣味を兼ねた生存確認ですよ」

廉太郎から奪った飛車を効果的に使いながら、斉藤さんはそう言ったものだ。

「七年前に定年を迎えて、本格的にまずいと思いましてね。なんせ一週間誰とも喋っていないとか、ざらにあるんです。風邪をひいて寝込んだときに、ぞっとしました。ああ、このまま死んだらたぶん、腐るまで誰にも見つけてもらえないなって」

そこでふと、若いころに熱中した将棋を思い出した。将棋なら、ルールさえ知っていれば誰とでも向き合える。会話が弾まなくても、面識が浅くても問題はない。

斉藤さんはそれまで不参加ペナルティを払っていた自治会の行事に、進んで出るようになった。そして暇を持て余していそうな住人を、片っ端から将棋に誘っていったという。

「今じゃ毎日誰かしらが来てくれますからね。ここ数日顔を見ないなって人のところには こちらからも訪ねて行きますし、持ちつ持たれつですよ」

そんなことを話すうちに、「邪魔するよ」と勝手に玄関を開けて自治会長が入ってきた。三軒隣の山田さんという、九十を過ぎた爺さんを伴っている。

「おや、先客かい」

「はい、今いいところで」

「平気平気、好きにするよ」

自治会長も山田さんも慣れた様子で押し入れを開け、座布団と予備らしい薄型の将棋盤を取り出した。勝手にお茶まで淹れてきて、「さて始めるか」と盤上に駒を並べはじめる。

その無遠慮な感じが、懐かしかった。大学時代の寮住まいが、だいたいこんな具合だった。暇さえあれば仲のいい奴の部屋に赴き、本を読んだりレコードを聴いたりうたた寝をしたり、銘々好きなように過ごす。間もなく学生運動が盛り上がって暑苦しくなり、本当は目的のないだらだらとした集まりが好きだとは言いづらくなってしまった。

いつでも手を差し伸べられる距離にいるのに、必要以上にべたべたしない。それは居心地のいい無関心だ。盤上を睨んであと三手で詰むと気づいても、廉太郎はなぜか気分がよかった。斉藤さんが用意してくれた菓子鉢には、矢田製菓のパフチョコが紛れている。オーソドックスなスイートチョコレート味である。

以前ならこの菓子を生み出したのは自分だと主張して、ひと渡りの講釈を垂れねば気が済まなかったことだろう。社会的な功績で一目置かれたいという、欲望と無縁ではいられなかった。

そんな矜持が口溶けのいいチョコのようにするりと消えてしまったのは、縦の繋がりがないこの空気感のなせる業か。もはや矢田製菓の社員ではない、ただの一ノ瀬廉太郎だ。剝き出しの個として人と向き合うのは少し不安で、妙にこそばゆかった。

「よろしければ、いつでも来てください」

久しぶりに頭を使ったせいか、二局指し終えると目が痛くなった。眼鏡を取って目頭を揉んでいると、斉藤さんが目薬を差し出してくる。

頻繁にお邪魔するのは迷惑ではなかろうかとか、暇人と思われるのは癪だとか、廉太郎らしい思考はすっかりなりを潜めていた。

「ええ、ぜひに」

社交辞令を抜きにして、清々しく笑った。

三

初手3一角成（なり）、同玉（ぎょく）――。おおっと、これだと2二銀のあと玉に逃げられる。

ならば1一角成、同玉、よし、2二銀で三手詰だ。

廉太郎は右手に鉛筆を持ち、詰将棋の問題集と向かい合っていた。

ずり落ちてくる老眼鏡を指で押さえ、正解を紙面に書き込んでゆく。

一問三分以内に解くのが目標だが、時計を見ると十分近くかかっていた。なんといっても初手で躓いたのが敗因である。

来月でついに七十歳。やはり頭の働きが鈍っているのだろう。嫌になるなぁと鉛筆の尻でこめかみを掻き、次の問題へと移る。

ぱっと正解が導けるような閃（ひらめ）きはないが、集中力はなかなかのものだ。元々パズル問題のような、与えられたヒントから答えを導き出す作業が好きだった。正解の尻尾が見えるまで、じっと考え込んでしまう。

「あんまり根を詰めすぎると、知恵熱が出ますよ」

思考の隙間に杏子の声が割り込んでくる。

ええい、うるさい。たしかにはじめて斉藤さんと対局した日は、妙に疲れて寝てばかりいた。だがこの一週間のうちに三度もお隣に通い詰め、勘を取り戻しつつある気がするのだ。

斉藤さんにはまったく歯が立たないけれど、こうして研鑽(けんさん)を積んでいる。向上心を持ってなにかに取り組むのは久しぶりだ。おかげで日々の無聊(ぶりょう)は紛れてしまった。

初手3五金、いやそれじゃあ逃げられる。1三角か――。

詰将棋に熱中するあまり、杏子に返事をする余裕すらない。

よし、同香(きょう)、3五金で詰めだ。小さな達成感が脇腹をくすぐるように湧き上がってくる。

「いいんですか。十時半からNHK杯がはじまるんでしょう?」

「なに、もうそんな時間か。早く言え」

「聞こえているじゃありませんか」

時計を見ればあと二分。廉太郎は慌ててテレビのリモコンに手を伸ばす。

杏子は呆れたように首を振り、座卓に手をついて立ち上がった。

NHK杯三回戦第一局。歴代最多連勝記録を持つ高校生棋士の対局とあって、おそらく世間一般の注目度も高いのだろう。司会の女流棋士が「放送時間を拡大して、ノーカットでお届けします」と宣言する。

廉太郎はこの高校生棋士があまり好きではなかった。なんといっても、まだ子供なのに強すぎる。そして子供なのに生意気なほど落ち着いている。人は若いうちに挫折を味わっておかないとろくな大人にならないのだ。世間の厳しさを教えてやれと、拳を握って対局相手を応援する。なんのことはない、若き天才に対する凡人の嫉妬である。

杏子はダイニングキッチンへと続く背後の襖を開け放したまま、流しの水を使っている。なにやらごそごそと動き回っているが、廉太郎はほとんどそちらに注意を向けていなかった。

解説者の紹介が終わり、いよいよ対局である。高校生棋士は後手。互いに居飛車党なので、矢倉を組むのではないかと思われる。剃り残しのある顎を撫でつつ、廉太郎は前のめりになってテレビに見入った。

「キャッ！」

短い悲鳴が聞こえてきたのはそのときだ。たちまち現実に引き戻されて、台所に立つ杏子を振り返る。

「どうした！」

対面式のキッチンではないので、後ろ姿しか見えない。指でも切ったかと駆け寄った。

「いえ、なんでもないんです。ちょっと大根が冷たかっただけで」

作業台にはまな板が出ており、使いかけの大根がその上に載っている。

「冷たい？」

「冷蔵庫から取り出したばかりですから」

廉太郎も大根を握ってみる。ひんやりと冷えてはいるが、摑めないほどではない。たとえ氷を摑んだって、あんな悲鳴は洩れないだろう。

「手を見せてみろ」

震える手が目の前に差し出される。抗がん剤の副作用で感覚は鈍いままだが、冷たいものには敏感すぎるくらいに反応する。たかだか大根が、刺すように冷たいのだという。近ごろは、冷たい飲食物も拒否するようになった。せめてヨーグルトだけでも食べろと口やかましく勧めてはいるが、苦痛を訴えるように首を振る。

抗がん剤治療は六クール目に入っており、今はちょうど一週間の休薬期間だ。前回までは休薬に入ると副作用もましになっていたのに、回を重ねるごとにダメージが体に蓄積されてゆく。指先もひび割れて、処方された軟膏（なんこう）を塗り込んでいるはずが治らない。皮膚は黒ずみ、爪には変形が見られた。

「大根、切ればいいのか？」

　そうこうしているうちに、コンロにかけた鍋の湯が沸きはじめた。廉太郎は流しの下を開け、三徳（さんとく）包丁を手にする。

「でも、せっかく将棋をご覧になっていたのに」

「録画もしてある。問題ない」

　だが料理に関しては問題がある。横から杏子に指示されないと、なにをしていいか分からない。大根を切るといっても、料理によって切りかたが違うはずだ。

「どう切ればいい？」

「じゃあ、銀杏（いちょう）切りに」

「なんだそれは」

「半月型のさらに半分です」

「なるほど」

　たどたどしい手つきながら、言われたとおりに切ってゆく。たしかに銀杏の葉の形に似ていなくもない。

「これを鍋に入れればいいのか？」

「はい、お願いします。ついでだから、お味噌汁の作り方も覚えてしまいましょうか」

うまく乗せられてしまったようだ。

言われるがまま、鍋に大根を投入する。その中身がただの湯らしいと気づいて、廉太郎はぎょっとした。

「味噌汁と言ったか？」

「ええ、お昼と晩ご飯の分です」

「出汁を取っていないじゃないか」

「ですから、これで」

杏子は背伸びをすると吊り戸棚を開け、調味料のストックが入った籠を取り出した。顆粒出汁の箱を手に取り、顔の前にかざす。

「それじゃあ旨くないだろう」

廉太郎は古風な人間だから、うま味調味料の類いを信用していない。手先の自由が利かないせいでそんな手抜きを覚えたのだろうか。薄っぺらな味の味噌汁を想像し、口元を歪めた。

「なに言ってるんです。うちはずっとこれですよ」

「なんだと！」

「新婚のころ、ちゃんと出汁を取ったお味噌汁を薄いと言われたので。これに替えたら

『旨い旨い』と食べるようになったじゃないですか」

「——俺が？」

杏子が頷くのを待つまでもなく、心当たりならあった。あまり口に合わなかった杏子の料理が、急に旨く感じられたことがある。腕を上げたのだと思っていたが、秘密はこの顆粒スティックだったのか。

「他に誰がいるんですか」

「ちっとも気づかなかった」

いつもなら、決まりの悪さをごまかすために怒鳴りつけるところだろう。だが、四十二年である。これぞ我が家の味と長きにわたり思い込んできた己の間抜けさに、どうしようもなく力が抜けた。

「ははっ、そりゃあいい」

天を仰いで笑い飛ばす。不機嫌な反応を予想していたらしい杏子が、なにごとかと目を瞬いた。

「俺の舌が悪いんじゃない。顆粒出汁のレベルが高いんだ」

元よりグルメだとは思っていないが、これはあまりにもひどい。この程度の舌で製菓会社の商品開発に携わってきたのだから、お笑い種である。

杏子は笑いの止まらぬ廉太郎を、訝しげに眺めていた。やがて「ふふっ」と肩を揺らし、一緒になって笑いだす。つられたのだ。

思えば常に、難しい顔をしてばかりいた。杏子のことも感情の起伏に乏しい女だと思っていたが、そうか、こちらから笑えばよかったのか。

笑い声のハーモニーが心地よく、やめてしまうのが惜しい。

「なにがそこまでおかしいんですか」と杏子に指摘されるまで、廉太郎はひとしきり笑った。

四

顆粒出汁入りの大根の味噌汁は、紛れもなく慣れ親しんだ我が家の味だった。

ひと口啜り、息を吐く。腹の底にじんわりと温もりが広がってゆく。

笹（ささ）カレイの一夜干し、白菜の浅漬け、昆布の佃煮（つくだに）。決してご馳走ではないが、安心感のある昼食である。

「うん、この味噌汁なら俺にも作れるな」

コツというものは特にない。あとはその時々で具にバリエーションをつけるだけ。この先も、味噌汁だけは変わらぬ味を楽しめそうだった。

「そうですね。おかずは出来合いでも、お味噌汁を作るだけで栄養のバランスがよくなりますよ」

杏子もまた、「この先」を見据えて喋っている。いつの間にか自分が杏子の死を受け入れかけていることに気づき、廉太郎は愕然とした。

家の中では蒸れると言ってニット帽を外している杏子の頭髪は、雛鳥のように地肌が透けている。手指の感覚や、髪を犠牲にしてまで続けている抗がん剤治療は、二クール目までは腫瘍マーカーに下降が見られたものの、その後はじわじわと上昇傾向にあった。

そうでなくとも近ごろの痩せかたを見ると、不安になる。脂肪すら溜めておけないその体から、生命まで流れ出てしまいそうだ。頭で必死に否定しても、廉太郎はすでに悟っている。杏子はもう、長くない。

ＮＨＫ杯は録画で見ることにしてチャンネルを替えたテレビでは、東京から長野の田舎町に移り住んだ老夫婦の生活模様が紹介されていた。ご近所さんに習った野沢菜漬け、趣味程度の小さな畑、薪ストーブ。この夫は、妻に先立たれる可能性を考えたことはないのだろうか。そしてその後も、慣れぬ土地に住み続けていられるのだろうか。

杏子が廉太郎を溝掃除に誘ったわけが、分かった気がする。この先一人になる夫を、孤立させないためだ。外で働くことしか知らずに生きてきた男は、地域のコミュニティーになかなか馴染めない。

斉藤さんは、自力でそれをやってのけた。廉太郎は、誰かに背中を押されなければ無理だ。杏子はよく分かっている。

ふいに「もうお母さんを解放してあげて」と言った、美智子の泣き顔が思い浮かんだ。この女は、どうして俺を捨てないのだろう。余命わずかとなってまで、なぜこんなによくしてくれるのだろう。

今まで考えもしなかった疑問が胸をよぎり、その顔をまじまじと眺めていた。

「なんですか？」

「お前、お隣の奥さんとは仲がよかったのか」

「ええまぁ、たまにお茶をする程度には」

ならば夫を捨てて出て行きたいと、相談されたことくらいあったろう。杏子はそれに、少しでも同調しただろうか。

「その後も連絡を取っているのか？」

「どうしたんです。斉藤さんに頼まれました？」

「いいや。ただの個人的な興味だ」

「あら、珍しい」

杏子は軽く眉を持ち上げる。他人の噂話など、聞き流してきた廉太郎である。

「元気ですよ。大宮のカルチャーセンターで、お花の先生をしています」

「なんと！」

「元々やりたかったけど、家庭に入ってほしいと言われて諦めていたそうで。『やっと自分の人生を生きられるわ』って、嬉しそうでした」

杏子の口ぶりからすると、ただ連絡を取っているだけではなく、会って話したこともありそうだ。

「自分の、人生」

箸から米粒がぽろりと落ちる。一人息子の就職を機にと言っていたから、最低でも二十二年。その間斉藤さんの元妻は、こんなの私の人生じゃないと思いながら生きていたのか。

「たしかお前も、結婚より仕事を続けたかったんだよな」

美智子に言われ、ずっと胸の片隅に引っかかっていたことを確認する。杏子がどんな思惑で、娘にそれを伝えたのか知りたかった。

「そうですねぇ。当時はちょうど、仕事が面白くなってきたところでしたから」

杏子が結婚したのは社会人四年目のことである。地銀の窓口などあのころは腰掛けと思われていたし、課長に「そろそろ」と肩を叩かれ見合いを勧められても、セクハラと騒げる時代じゃなかった。

「せっかく四大を出たのにって、不満はありましたよ。だけどあのまま残り続けても、お局と呼ばれて嫌な思いをしたんでしょうねぇ」

廉太郎も会社の女子社員を、十把一絡げに「女の子たち」と呼んでいたことがある。お茶汲みなどの雑用をしてくれて、職場に一時の華を添え、ほどよいころに片づいてゆくだけの存在。彼女ら一人一人に別々の人生があり、ましてや仕事を続けたいと思っているかもしれないなんて、想像すらしなかった。

「時代が違えば、仕事を取ったか？」

「さぁ、どうでしょう。今なら結婚しながら働くという選択もありますしね」

杏子を仕事人として見たことはないが、家事の手際や管理能力からすると、有能だったのかもしれない。専業主婦があたりまえと思い、家のことだけしてくれればいいと言ってきた。杏子はそれを、どう受け止めてきたのだろう。

「だけど俺だって、家族のために必死になって働いてきた」

「ええ、感謝していますよ」

「じゃあどうして、美智子にもっと働きたかったなんて愚痴を」

母と娘は、距離が近い。夫には決して見せない本音も、きっと出る。斉藤さんの元妻のような後悔が杏子にもあるのかと思うと、胸がきしんだ。

「ああ、それは美智子が悩んでいたからですよ」

杏子は昆布の佃煮を囓(かじ)りながら、あっさりとそう言った。

「あの子、颯くんを生んだ後仕事に復帰したでしょう。だけどしょっちゅう熱を出すから早退してお迎えに行かなきゃいけなくて、肩身が狭くなってきたころに凪くんを授かったんです」

美智子は専門学校を卒業後、損保のコールセンターで働いていた。長男を生むまでは、主任と呼ばれていたはずである。

「もうこれ以上は続けられないって、心が折れたんでしょうね。おめでたいことなのにわんわん泣きながら、私に『後悔はないの?』と聞いてきたんです。だから言ったんですよ。仕事を続けたい気持ちはあったけど、べつに後悔はしてないわって」

「本当か?」

「嘘をついてどうするんですか。私は美智子も恵子もこの家も、大好きなんです」

そこに自分がカウントされていないことに疑問を抱かず、廉太郎は息を吐く。お父さんなんかと一緒になるんじゃなかったと、呪いの言葉を娘に吐いていたわけではなかった。

「もっともあなたには、何度か殺意を覚えたことがありますけど」

「おいおい」

冗談めかしてはいるが、目が笑っていない。己の行いを振り返り、それもそうかと半ば納得した。

「たとえば？」

「がん告知のときに、ついてきてくださらなかったこと」

「それは、すまなかった」

「あら、素直ですね」

「俺だって、悪いと思っているんだ」

残り少ない味噌汁を飲み干して、廉太郎はぶすりとむくれる。

「悪いと思っている人の顔じゃありませんよ」と、杏子が笑った。

「あとは？」

「そうですね、あとは――」

言葉を途切れさせて目を伏せた杏子の、睫毛(まつげ)までが抜けている。これも薬の影響だ。今ならこの女のために、どんな行いも懺悔(ざんげ)できると思った。

「いちいち覚えていませんよ」

「いいや、今のはなにか思いついた顔だった」

「なんです、斉藤さんの話を聞いてなにか思うところがあったんですか？」

杏子が強引に、話題の矛先を曲げてくる。廉太郎はそれにまんまと乗せられた。

「そういうわけじゃないが。ただ、似ている気がした」

仕事一筋の夫と、家事育児を一手に担ってきた妻。共通の話題はろくになく、子供も父親にはさほど懐いていない。

日本全国にそんな夫婦は、飽きるほどいるはずだ。特に廉太郎たちの世代では、スタンダードでさえある。

「それでも斉藤さんの奥さんは出て行って、お前はまだいてくれる。なにが違うのかと思ってな」

「あなた——」

ここで感謝の言葉の一つでも述べればいいのだろうが、杏子が瞳を潤ませたものだから、急に気恥ずかしくなった。

「単純に、手に職があったかどうかの違いかもしれんが」

そっぽを向いて、箸を置く。長野に移り住んだ老夫婦が、「喧嘩はしません」とテレビの中で白々しく笑っている。

「そういうところですよ、お父さん」

美智子が聞けば烈火のごとく怒りそうな失言だった。それでも杏子は諦めたように肩をすくめただけで、「ごちそうさまでした」と手を合わせた。

五

「なにかやりたいことはないのか？」

昼食に使った食器を洗う杏子の背中にそう問いかけたのは、べつに気まぐれというわけではなかった。

仕事を辞めると決めてから、ずっと考えてきたことだ。これまで苦労をかけてきたのだから、多少の我儘は聞いてやろう。なのに杏子は欲がなく、何度聞いてもはぐらかす。

「なんでもいいぞ。温泉旅行でも、寺巡りでも、紅葉狩りでも」

そろそろこのあたりでも、楓の紅葉が見られる時期だ。のんびりと川越あたりまで、足を延ばしてもいいかもしれない。同じ埼玉に住んでいながら、廉太郎は川越を訪れたことがなかった。

「なんでも、ですか」

珍しく杏子が反応を示した。食器を洗い籠に伏せ、水道のレバーハンドルをカコンと戻す。

「ああ、なんでも」

廉太郎は居間に胡座をかいたまま身を乗り出した。

エプロンで手を拭きながら振り返った杏子の含み笑いを見て、嫌な予感に襲われる。

「可能な範囲なら」と、慌てて言葉をつけ足した。

「たしかに、可能な範囲ではあるが」

天気のいい午後とはいえ、しばらく風に吹かれていると体が冷える。廉太郎は厚手のナイロンジャケットを首元まで閉め、つる薔薇（ばら）の葉をむしっていた。

「すみません、なんせ指先の自由が利かないもので」

杏子はニット帽を被り、早くもダウンジャケットを取り出して着込んでいる。脂肪が薄いため、風の冷たさがダイレクトに伝わるのだろう。

「やりたいことというか、やってほしいことだろう」

庭に植えてあるつる薔薇の、剪定（せんてい）と誘引。廉太郎の問いかけに対する、杏子のリクエストがそれだった。「そういうことじゃないんだが」と零しつつ、廉太郎は差し出された園芸用の革手袋を渋々着けた。

「だってこれをやっておかないと、来年も綺麗に咲いてくれませんから」

「来年か」

早いもので、今年もあと一ヵ月と少し。貴重なはずの杏子の一日一日が、瞬く間に過ぎてゆく。それなのに廉太郎に家事を仕込んだり、薔薇の世話を気にかけたりで費やしていいものだろうか。もっと他にやっておきたいことはないのかと、やけに気が急(せ)く。

「ぼんやりしていると危ないですよ」

「うわっ！」

不用意に引っ張った枝が鞭(むち)のようにしなり、顔に襲いかかってきた。薔薇には言うまでもなく棘(とげ)がある。間一髪でかわしたが、目に当たりでもすると大事だ。

「手袋をしていても、棘が皮膚や服に引っかかるので気をつけてください」

「もっと早く言ってくれ」

腋(わき)に冷や汗がにじむ。これは慎重にならざるを得ない。

薔薇はこれからの季節、休眠期間に入るので、その間に伸びすぎた枝を切り、つる薔薇なら這(は)わせる方向を決めておかねばいけないらしい。葉を全部むしり終えたと思ったら、杏子に剪定鋏を手渡された。

「これで細い枝や、込み入った枝は切ってください。目安は割り箸よりも細い枝です」

「このへんか？」

「そうです。分岐しているところの、少し上で切ってください」

ずいぶん具体的な指示である。言われた通りに切ってゆくが、少し引っ張るとやはり鞭のように戻ってくるので冷や冷やする。

「シュートがよく伸びているので、この古い枝も切っちゃいましょう」

「シュート？」

「春夏の間に新しく伸びた太い枝のことです。ほら、古い枝と比べると色が違うでしょう」

言われてみれば古い枝は樹木の色をしているのに、シュートは緑色である。

「こんなに伸びるのか！」と驚いた。植物の成長を甘く見ていた。

杏子に指示された古い枝を切ってしまうと、ほとんど緑の枝だけになった。だらりとお辞儀をしているそれらは、直立させると廉太郎の身長よりもはるかに高い。生命力の、強さを感じる。

それに引き替え、杏子は両手を胸の前で握り合わせて震えている。まだ十二月にもならないというのに、異様な寒がりかたである。

「だいたい分かったから、お前はもう家に入っていろ」

「冗談じゃありませんよ。そんな簡単に薔薇を分かった気にならないでください！」

体を気遣ったつもりなのに、逆に叱られた。こんなに熱くなっている杏子を見る機会はなかなかなく、廉太郎は「お、おう」と気圧(けお)される。

「ちなみにその枝は切っちゃダメです。根元から出ているベーサルシュートは、いずれ親枝に取って替わる大事なものです」

「そうなのか、すまん」

杏子の気迫にたじたじになり、摑んでいた枝を離した。つる薔薇に丹精を込めているのは知っていたが、まさかここまでの熱量を伴っていたとは。

「まだ誘引もありますからね。お父さんには、どの枝をどこに留めていいか分からないでしょう」

誘引というのは薔薇のつるを、あらかじめブロック塀に張っておいたワイヤーに這わせてゆく作業だという。間隔が狭いと葉っぱが茂る季節に蒸れて、病気や害虫の元となるそうだ。全体のバランスを見ながら、形を決めてゆかねばならない。

「薔薇には頂芽(ちょうが)優勢という性質がありましてね、枝のてっぺんあたりに養分が集中して花が咲くんですよ。だからこうして地面と水平に這わせると、すべての芽が頂芽になりますから、花がたくさんつくんです」

唇は紫に変色しているくせに、薔薇について語る杏子の目は輝いている。

記憶を遡ってみると、庭に薔薇が植わるようになったのは、娘たちに手がかからなくなってからだった気がする。あのころの杏子には、なにか愛情が注げるものが必要だったのかもしれない。

「分かった。分かったから、せめてカイロでも貼ってこい」

去年の買い置きが、たぶんまだあったはずだ。

杏子は「待っててくださいね」と念を押してから、玄関に向かって身を翻した。

つる薔薇の誘引は、なかなか気の張る作業だった。麻紐で枝をワイヤーに固定してゆく細かな動作が必要なので、手袋をしていてはこなせない。いきおい素手でやることになり、そうすると棘が刺さりまくる。顔も鞭状の枝に叩かれて、何度か声にはならぬ悲鳴を上げた。

「薔薇は手がかかるというのは、本当なんだな」

どうにかこうにか合格点をもらえる形に仕上げ、廉太郎は強ばった腰を叩く。

「ありがとうございます」と、杏子は満足げに目を細めた。

「次の花が見納めかもしれませんから、よかった」

リズミカルに腰を叩いていた手が不自然に止まる。枝ぶりだけの今の姿からは想像もつかないが、ここからまた緑の葉が吹き出し、白い清楚(せいそ)な花が咲くのだ。

「花の時期はいつなんだ」

「五月ですよ」

ああ、そうだ。杏子が余命宣告を受けたころ、たしかに薔薇の香りがしていた。

「秋にも少し返り咲きしますけど、それは見られるかどうか」

きっと見られるさ！　とは、たとえ強く望んでいても、言えなかった。

杏子は枝振りしかない薔薇を眺め、満開の姿が見えるかのように微笑んだ。

「この薔薇も、来年で最後でしょうね」

「どうしてだ」

「だって、お世話する人がいませんし」

「俺がすればいいだろう」

驚いたような杏子の顔が、近くにあった。まるで昔美智子に買い与えてやった、ミルク飲み人形だ。目と口がまん丸で、少し間が抜けている。

「でも、手がかかりますよ」

「いいじゃないか、どうせ暇だ」

少なくとも、剪定と誘引はもう覚えた。これから先なにをすればいいのか、その都度教えてもらえばいい。

「大事な薔薇なんだろう」

「ええ」

杏子の視線が、また薔薇の枝振りへと戻る。こんなふうに二人並んで同じ方向を見ていたことなど、これまでにあっただろうか。

「入ろう。ひどく冷えている」

廉太郎の手も感覚を失いかけていたが、なにげなく握った杏子の手は、死人のように冷たかった。

第六章　慢心

一

濡れた手指が赤く染まり、じんじんと疼きだす。吹き抜ける風が針のように尖っており、むき出しの耳も痛い。

廉太郎は丸めた新聞紙をいったん置き、両手にはぁっと息を吐きかけた。湿った温もりを、手をこすり合わせて広げる。小さく音を立て、垂れてくる鼻水を啜った。

厚手のパーカのフードを被り、首元の紐を縛る。とそこへ、杏子が家の中から声をかけてくる。

「寒いでしょう、お父さん。カイロいります？」

「もらおうか」

やせ我慢をして、風邪をひいてはつまらない。貼るタイプのカイロを受け取り、腰に貼りつける。

縁側に立ったまま、杏子がうふふと含み笑いを洩らした。

「ドラえもんみたいですね」

パーカの色はグレーだが、窓ガラスに映る頭部はたしかに大きくて丸い。

「俺はずんぐりむっくりじゃない」

負け惜しみを言って、廉太郎は再び新聞紙を手に取った。

十二月二十九日、年末の大掃除である。縁側に面した窓は大きく、なかなかの難物だが、「寒いですから無理をしなくても」と渋る杏子に「いや、やる！」と言いきってしまった。

曇りのない綺麗な窓で、新年を迎えたい。特に今年は家族全員が揃う、最後の機会になるかもしれないのだから。

鈍い痛みが胸を突き、廉太郎は濡らした新聞紙で力任せに窓を拭いた。窓掃除には新聞紙がいいと、教わったのはついさっきである。

「やっぱり手伝いましょうか」

「冗談じゃない。お前は暖かい家の中にいろ」

手を振って、追い返すような仕草をする。天気予報でも、厳しい冷え込みにご注意くださいと言っていた。免疫力が落ちている杏子に、めったなことはさせられない。早く窓を閉めて、炬燵にでもあたっていろと思う。

「そうそう、さっき恵子からＬＩＮＥが来ましたよ。もうすぐ春日部らしいです」

「そうか」

多くの企業が今日から正月休みである。次女の恵子は例年ならば二日ほど自宅でゆっくりして、大晦日に帰省していたが、今年は初日から帰ってくるという。

恵子に女性のパートナーがいると知ってから、電話もメールもしていない。どういう顔をして会えばいいのか、まだ心が定まっていなかった。

駅からバスに乗るとして、残された猶予はあとわずか。父親として毅然とした態度で接しなければと決意した矢先、ブレーキの音を立ててタクシーが家の前に停まった。

料金を払い、小型のキャリーバッグと共に降り立ったのはまさしく恵子だ。膝までの黒いダウンジャケットに、黒いズボン、ブーツも黒。相変わらずの黒ずくめである。

猫の額ほどの小さな庭だ。門扉の向こうとこちらで視線がかち合う。

「えっ、驚いた！」

縁側の窓に貼りついている廉太郎を見て、恵子は信じられぬとばかりに目を見開いた。

手伝うと言っていったん部屋に引っ込んだ恵子は、いつぞやも着ていたジャージにダウンを引っかけて戻ってきた。それだけでは寒かろうと、杏子が使い捨てカイロを手渡す。マフラーまで持ってきているあたり、廉太郎のときよりも扱いが手厚い。

「帰ってきたばかりなんだから、一服すればいいのに」

「平気よ。新幹線で爆睡しちゃったから、ちょっと体を動かしたくて」

まさか早々にして、恵子と横並びで窓掃除をする羽目になるとは思わなかった。二人きりになるのは気まずいのだが、杏子をいつまでも底冷えのする縁側に立たせてはいられない。

「いいから母さんは、熱い茶でも飲んでいろ」

「はいはい。じゃあついでに、湯呑みの茶渋取りでもしてますよ」

周りが働いているときに、一人のんびり過ごせる女ではない。だが、台所も冷えるじゃないか。

「ヒーターをつけろよ」

口やかましい廉太郎に、杏子はもう一度「はいはい」と言って手を振った。

縁側の向こうの障子が閉まり、杏子の気配が遠ざかってから、窓掃除を再開させる。バケツに張った水に丸めた新聞紙を浸し、上から下へ、ギザギザを描くように拭いてゆく。新聞に使われているインクが油分を落とすため洗剤いらずで、ツヤ出し効果まであるそうだ。

窓の外側は埃や塵が付着するので、新聞紙はすぐに真っ黒になる。それでも雑巾と違って洗う必要はなく、使った端からゴミ袋に捨ててゆけば、古紙の処分にもなるわけである。

なるほど、これは効率がいい。隣にいる恵子は手順を説明されなくても、慣れた手つきで窓を拭いている。

さて、パートナーの件について、どう切り出すべきか。それとも恵子のほうからなにか釈明があるだろうか。

出方を待ってみることにして、黙々と手を動かす。美智子ならすぐさまなにか話しかけてくるだろうに、恵子は静かだ。表を走る廃品回収の車が沈黙を少しばかり埋めてくれ、遠ざかるごとに気が重くなる。

「お母さんの手、いつからああなの？」

やっと喋ってくれた。でもそうか、自分からパートナーの話はしないか。

「夏の終わりごろから、少しずつな」

杏子の手指は相変わらずひび割れ、黒ずみ、爪は変形している。手だけでなく足の裏も同様だ。

「そうなんだ。髪が抜けたのは聞いていたけど」

カイロを差し出されたときに気づき、驚いたのだろう。それでも表情にはまったく出さなかったあたり、抑制の利く娘なのだ。

「思ってたよりも元気で、思ってたよりも痩せてた」

恵子が母親に会うのは、六月以来のことである。忙しいだろうから無理はするなと、杏子が帰省を止めていた。実際恵子は部長に昇進したばかりで、少しも余裕がなかったようだ。

そのぶん電話やＬＩＮＥはまめにしていたが、実際に弱った姿を目の当たりにすると胸にこたえるのだろう。毎日共に過ごしている廉太郎でさえ、起き抜けやうつむきがちに本を読んでいたりする杏子の、うなじの細さにどきりとする。

「お父さんが掃除してるのを見てまさかって思ったけど、なんか納得した」

杏子のあの有り様では、とても大掃除などさせられない。

窓の一面を拭き上げてから、廉太郎は乾いた新聞紙を手にした。これも丸めて、窓に残った水滴を拭き取ってゆく。乾拭き(からぶき)は、小さな円を描くようにするとよいとのことだ。

「やればできるんだ、俺だって」

「でも全然やらなかったじゃない。年末はいつも、釣りかゴルフかパチンコ」

「そりゃあお前、家にいたってやることがなかったから」

「山のようにあったよ。私たちが掃除や買い出しやおせち作りでバタバタしてたの、見えてなかった？」

「だから気を利かせて、外に出てやってたんだ」

「呆れた」

正月休みに入ってから年が明けるまでの数日間は、居心地が悪かった。女たちは家のことで右往左往しており、気が休まらない。日頃から家事に携わっていない廉太郎としては、せめて邪魔にならぬよう、外に出ているのがよかろうと考えていたのだ。

「居場所がなかったんだよ」

「居場所は用意されるものじゃなく、作るもの。でもいいよ、過去のことは。今こうして逃げずにいてくれるなら」

「逃げられないだろう。もう俺しかいないんだから」

二人の娘のうちどちらかが同居であったなら、今でも家のことなど任せて釣りに出かけていたかもしれない。なるたけ現実から目を逸らし、ふんぞり返っていたことだろう。思えば自分は妻や娘たちに、ずいぶん甘えてきたのである。

「これからはもうちょっと、頻繁に帰るわ」

「無理はするな。お前まで体を壊したら、母さんが悲しむ」

「お父さんこそ、お酒は。もう無茶な飲みかたしてない？」

「ああ、適量にとどめている」

娘に体を気遣われ、不意に鼻の奥が痛んだ。本当は、辛いと言って誰かに泣きつきたい。だがそこまでの弱みは見せられない。

泣き言が洩れる前に、廉太郎は話題を変えた。

「お前はその、パートナーとはうまくやっているのか」

毅然とした態度で臨むと決めたのに、迎合したような口調になってしまった。

「うん、順調」

「なにをやっている人なんだ」

「管理栄養士」

「そうか、ちゃんとしているんだな」

「私たちには男に養ってもらうって発想が最初からないからね。しっかりもするよ」

私たち、か。口の中だけでそう呟く。廉太郎が娘に期待していた「普通の」人生は望めないと、線引きされた気持ちになった。

「大阪で知り合ったのか？」

「そう」

「きっかけは?」

「なんでもかんでも聞かないで」

興味本位で聞いているわけではない。そりゃあ女同士なんて夜の営みはどうやるんだと、ちらりとでも考えなかったわけではないが、そういった下世話な類いの質問をするつもりはないのだ。

「俺は、お前のことを心配して」

「それはどうもありがとう。でも私だって、お父さんが心配よ」

「そんな、心配するようなことは――」

あるか。自分の目から見ても心配事ばかりだ。妻に先立たれる可能性なんて、杏子があなる前は少しも考えなかったのだから笑える。

「おや、こんにちは。精が出ますね」

離れたところから声をかけられ、振り返る。つる薔薇を這わせたブロック塀から、斉藤さんが顔を覗かせている。

「ええ、ちょうど娘が帰ってきまして」

言葉の端々に、照れ臭さが滲む。自慢に聞こえなかっただろうか。福岡に住むという斉藤さんの息子は、正月すら実家に寄りつかない。孫の顔は、写真でしか見たことがないそうだ。

「それはよかったですねぇ。娘さんも、すっかり立派になって」

廉太郎の懸念をよそに、斉藤さんの笑顔には陰りがない。恵子もまた、軽く会釈を返した。

「自治会長のところでも、明後日（あさって）息子さん一家が帰ってくると言っていましたよ」

「えっ、アマ三段と噂の？」

「うちにも遊びに来てくださいと言ってあります」

「じゃあそのときは、私にもぜひ声をかけてください」

「承知しました。では」

散歩にでも行くのだろうか。斉藤さんは手を振って遠ざかってゆく。少し前なら家事をしているところなど、妻の尻に敷かれていますと言っているようで誰にも見られたくはなかっただろう。それがもう、すっかり平気になっていた。

「今の、お隣の斉藤さんだよね」

恵子が次の窓に取りかかりながら尋ねてくる。

「仲いいの？」

「ああ。あの人、べらぼうに将棋が強くてな」

「そう」

廉太郎に対してあまり笑顔を見せない恵子の、口元が軽くほころぶ。窓の汚れを睨んだまま、横顔で呟いた。

「それなら、心配が一つ減ったわ」

二

歳神様（としがみさま）を迎えるにあたり、家の中も外もすっかり準備が整った。

このあたりの家の門松は、松だけのシンプルなものが多い。一ノ瀬家でもそれに倣（なら）い、水引をかけた松を門の両脇に立てている。

「やっぱりこうして清々しい気持ちで、新年は迎えなきゃいかんなぁ」

台所に立ち、年越し蕎麦（そば）用の天ぷらを揚げている恵子の隣で、廉太郎は大いに胸を張る。台所周りの掃除こそ杏子に任せたが、あとは廉太郎が電灯の笠からテレビ台の裏まで磨き上げたのである。

自分の手で綺麗にしたという自負があるぶん、いっそう充足感がある。杏子と恵子が一緒になって「お父さん、偉い偉い」と持ち上げてくれるものだから、誇らしくすらあった。

天ぷらは海老と春菊。恵子曰く、小麦粉を炭酸水で溶くと衣が軽く仕上がるそうだ。けったいなと思いつつ、廉太郎は隣に立って見守っている。杏子は油っこい天ぷらを避け、月見蕎麦である。

「そういえばお父さん、銀行には行ってきてくれました？」

座って待つよう促され、杏子は居間の炬燵に膝先を突っ込んでいる。近ごろは家の中でも寒いので、ニット帽を被り、首にはスカーフを巻いている。

「あ、忘れてた！」

銀行が休みに入る前に、新券両替をしておくよう頼まれていたのである。明日には孫が三人も遊びにくるというのに、大失態だ。

廉太郎は居間の棚に置いてあった財布を手に取り、中を検(あらた)める。残念ながらお年玉に使えそうな綺麗な札は入っていない。眉間を寄せ、苦肉の策を出した。

「アイロンで皺を伸ばすか」

「私、多めに新券あるから融通できるよ」

「さすがだ、恵子！」

やはり仕事のできる女は違う。実際の仕事ぶりは知らないが、新部門の立ち上げのために大阪に行き、今や部長なのだから、それなりに評価されているのだろう。

「美智子には内緒だぞ」

「さぁ、どうしよっかな」

「ほら、千円余分にやるから」

「いらんわ」

いつになく和(なご)やかな雰囲気だ。廉太郎と恵子のやり取りに、杏子も声を出して笑っている。子供たちが生まれてから常に疎外感のあった一家団欒(だんらん)を、ようやく取り戻せた気がした。

「よし、じゃあ蕎麦は父さんが茹(ゆ)でてやろう」

「できるの？」

「茹でるだけだろう、馬鹿にするな」

杏子の病気を機にようやく家族がまとまるなんて、皮肉なものだ。それでも廉太郎は上機嫌で、大ぶりの鍋に湯を沸かす。

これだけやっているのだから、いつも廉太郎を責めてばかりの美智子だって、認めざるを得ないだろう。

「お父さん、私が間違ってた」と、謝ってくるかもしれない。だったら寛大な心で許してやろう。

いいんだ、これからは家族仲良くいこうじゃないか。

そんなことを考えてにやついていたせいか、蕎麦は茹ですぎて白くふやけてしまった。

元日の朝十時過ぎ、インターフォンが鳴ることもなく玄関の引き戸が開き、美智子の呼ぶ声がする。

「ねぇお父さん、駐車場開けてくれない?」

さっき微かに聞こえたエンジン音は、やはり美智子たちだったか。

一ノ瀬家の駐車スペースはブロック塀の外にあり、車を手放してからは不埒者が勝手に停めていることがあるので、ホームセンターで買ってきたトラロープを渡してある。それを外せと言うのだ。

「いいよ、私が行く」

居間に追加の座卓を運んでいた廉太郎の肩を、恵子がぽんと叩いてゆく。

「久しぶり、元気?」

「うん。おや、ちびっ子たちも大きくなったね」

玄関先が賑やかだ。「もうチビじゃなぁい！」と叫んでいるのは末っ子の息吹だろうか。まだ小学一年生、充分ちびっ子である。

「おいおい、いいから座ってろ」

久しぶりの孫たちの訪問が嬉しいのか、杏子は朝から落ち着かない。取り皿を持ってきて並べはじめたのを、廉太郎は手で制した。

「このくらいできますよ」

「俺がする。ほら、『ばぁば』はそこ！」

長く座っていても辛くないようにと、出しておいた座椅子を指差す。全員の顔が見渡せる上座である。

どうだ、もう上げ膳据え膳だったころの俺じゃないぞ。そう言わんばかりの得意顔に、杏子は渋々従った。

料理の負担を減らすため、今年のおせちは初めてデパートの出来合いを頼んだ。真空パックになって箱に入っていた料理は味気なく見えたが、恵子がお重に彩(いろど)りよく詰めてくれたおかげで華やかである。もっとも孫たちはおせちを喜ばないから、中華のオードブルも取っていた。

顔に出さぬよう努めても、廉太郎だって浮かれている。買っておいたジュースをすべて冷蔵庫から出し、「ぬるくなるでしょう」と窘められた。

なにしろ孫たちに会うのはほぼ一年ぶりだ。彼らはめったにこの家には来ない。杏子はたまに美智子の家に遊びに行っていたからいいが、廉太郎が孫たちと最後に会ったのは、息吹が小学校に入学したころだった。

車は無事に停められたようで、玄関に人の気配が押し寄せてくる。靴を脱ぐ順番で渋滞しているらしい。軽快な足音を立てて真っ先に居間の襖を開けたのは、愛され上手の末っ子息吹だ。

「ばぁば！」

「はい、息吹くん。明けましておめでとう」

ちゃっかり杏子の隣に陣取って、愛嬌を振りまいている。この子の将来は、あまり心配していない。

「凪、いったんゲームをやめなさい」

次男の凪は両手でポータブルゲーム機を操作しながら入ってきて、背後に続く美智子に叱られている。小学三年生のわりにどこか冷めており、ゲームばかりしているものの、「大人になったら公務員試験でも受けるわ」と言っているらしく、案外手堅い。

「お義父さん、お義母さん、明けましておめでとうございます」

美智子の夫の哲和くんは、大吟醸の一升瓶を携えてきた。黒縁眼鏡の、どうも頼りなげな男である。美智子の尻に敷かれているのは、本人がいつもへらへらとして威厳がないせいもあろう。

最後に長男の颯が、恵子となにやら喋りながら玄関から歩いてくる。これで全員揃ったか。部屋の入口に立つ颯を振り返り、廉太郎は愕然とした。

「なんだ、その頭は！」

考えるより先に怒鳴りつけていた。春に会ったときには短髪だった髪が、肩のあたりまで伸びている。なよなよしたところのある子で、兄弟の中でも一番気にかけてはいたが、これじゃあまるで女ではないか。

「男のくせに、気色の悪い！」

しん、と室内が静まり返る。颯は真っ青になって震えるばかりだ。なにか言い返してくるかと思ったのに、身を翻して廊下を駆けてゆく。

「あ、ちょっと待って！」と、恵子がその後をすかさず追いかけた。

「おい美智子、なんだあれは。学校ではなにも言われないのか」

まだ小学五年生だというのに、嘆かわしい。自身も若かりしころはフォークソングブームで長髪に憧れていたのだが、そんなことは忘れ、廉太郎は首を振る。

気づけば美智子の顔がすぐ近くにあった。間髪を容れず、頬に平手が飛んでくる。いやに小気味のいい音が鳴り、信じられぬ思いで娘を見返した。さほど痛くはないが、ぶたれたという事実にこめかみが脈を打つ。

「なにをするんだ、父親に向かって！」

「うるさい！　あんたはそんなに偉いのか！」

声量では美智子も負けてはいない。感情が昂りすぎて頬が紅潮し涙さえ浮かべている。

「なんだと！」

手加減せずぶち返そうとして、背後から羽交い絞めにされた。

哲和くんだ。「まぁまぁまぁまぁ」と、こんなときまで軽々しい。あと十歳若ければ、この軟弱者に投げ技でも極めてやれただろうに。まったく反撃できそうにない、己の老いが恨めしい。

「あの、お義母さんから聞いていたんじゃないんですか」

遠慮がちに耳元で囁かれ、廉太郎は杏子を見た。こちらも表情を硬くして、責めるような目を向けてくる。

「前にお話ししたじゃないですか。颯くんが、ヘアドネーションのために髪を伸ばしているって」

「なんだそれは」

廉太郎は怪訝に眉をしかめる。記憶にないということは、聞き流していたのだろう。ヘアドネーションという馴染みのない言葉が、深く追求する気力を失わせたのかもしれない。

「医療用ウィッグのために、髪の毛を寄付する活動ですよ」

そのためには髪の長さが三十一センチ以上必要なのだと、杏子は続けた。

言われてみれば以前、冒頭だけ観た、医療美容師に密着した番組でそんな話題が出ていた。あのときはまだ杏子が脱毛するとは思っていなかったから、早送りをして飛ばしてしまった。

「あの子、ちゃんと自分で先生に許可を取って、お友達にも理解してもらってるの。クラスで髪の長かった子は、私もやりたいって寄付したくらい。とても、いいことをしているの」

美智子は自分のスカートを握りしめ、涙をぽろぽろ零している。母親を泣かせたことで、凪と息吹からも尖った視線が注がれる。

非常に気まずい。この状況では廉太郎が完全に悪者である。

だけど、知らなかったんだ。そんなに寄ってたかって、俺を責めなくたっていいじゃないか。

「すみません。私がちゃんと説明しなかったのがいけないんですね」

夫の窮状に、杏子が諦めて助け舟を出した。罪悪感を少しでも減らしたい廉太郎は、慌ててそれにしがみつく。

「そうだ、お前も悪いんだ」

「そんなわけあるかぁ！」

地を這うような、美智子の怒号が響き渡った。金切り声はよく聞いているが、これではまるで別人だ。孫たちまで怯えて肩を縮める。

「知らなかったにしろ、孫に向かって気色悪いってどういうことよ。だから子供たちをお父さんに会わせたくないの。男らしくとか男たるものとか、価値観の押しつけばかり。いい加減にしてちょうだい！」

孫たちに会える機会が減ったのは、美智子が意図的にしていたことだったのか。

全身から、萎えるように力が抜けてゆく。もう大丈夫と判断したのか、哲和くんが廉太郎から体を離した。

長男の颯が生まれてしばらくの間は、ここまでではなかった。初孫ということもあり、もっと頻繁に行き来があった。二人目、三人目と子供が増えるにつれて訪問が間遠になっていったのは、たんに忙しいせいだと思っていた。いや、そう思い込もうとしていたのかもしれない。

「颯には特に当たりが強いよ。ホウレン草を残しただけで『強い男になれんぞ！』って叱ったよね。水色のランドセルを欲しがったときは、『男なら絶対黒だ！』って押し通した。お気に入りのぬいぐるみを持ってただけで『女じゃあるまいし』って馬鹿にしたし、ピアノを習いたがったときも『空手にしろ』ってうるさかった！」

本当に、美智子の記憶力には舌を巻く。廉太郎はあまり覚えていないが、これだけ並べ立てるのだから、実際にあったことなのだろう。

だがどの言葉も、孫たちが立派に育つようにと願う心から出たものじゃないか。

「男の子に男らしくしろと言って、なにが悪い。颯には、ちょっと頼りないところがあるからなおさらだ」

「どこよ？　ばぁばの病気に心を痛めて、自分にもなにかできることはないかって調べて、学校の先生を説き伏せまでしたあの子の、どこが頼りないって言うのよ！」

正月早々、どうしてこんなことになっているのだろう。美智子はなりふり構わず怒っており、哲和くんはおろおろするばかり。息吹は杏子に身を寄せていたいけな少年を装っているし、凪は手元のゲーム機に視線を落とし、「にーちゃんかわいそー」と他人事のように言う。

自分はただ、杏子にとって最後になるかもしれない正月を、和やかに過ごしたかっただけなのに。こんなことで揉めている場合ではないと、なぜ美智子には分からないのか。

「もういいじゃないか。せっかくの正月に、いがみ合ってもしょうがない」

「謝って！」

このへんで丸く収めようと思ったのに、美智子はなおも詰め寄ってくる。

「『もういい』って言っていいのはお父さんじゃない、颯でしょ。あの子にちゃんと謝って！」

そんなに喚き散らさなくてもよかろうに。早とちりで暴言を吐いたことは、悪かったと思っているのだ。

「分かった。謝ればいいんだろう、謝れば」

廉太郎は両手を上げ、全面降伏の姿勢を取った。

それなのに、なにが気に入らないのだろう。美智子はさらに眉を吊り上げて、鼻の穴を膨らませた。

颯は寒風吹きすさぶ庭にいた。恵子に慰められながら、じくじくと泣いている。あれしきのことで泣くような男だから先が思いやられるんじゃないかと苛立ったが、それは言わずにおくことにした。

セーター一枚で出てきてしまった廉太郎は、二の腕をさすりながら颯と向き合う。その様子を監視するように、美智子が玄関口に立ち、腕を組んでいる。

「颯、すまなかったな」

大人になれと己に言い聞かせ、廉太郎は颯のつむじを見下ろした。艶々とした、柔らかそうな髪が風に弄ばれている。寄付できる長さになるまでには、まだ日数がかかるのだろう。それが杏子の鬘になるわけではないが、自分にできることをしたいと思ったその姿勢は立派だった。

「さぁ、仲直りの握手だ。許してくれるか？」

涙は急に止まらない。廉太郎が手を差し出しても、颯はまだ小刻みにしゃくり上げている。

「ほら」と手を振って見せると、ようやく涙でべとべとの右手を出してきた。

ぎゅっと握って、一件落着。濡れた手をズボンの尻で拭き、颯の頭を撫でてやる。

「よし、じゃあ早く入ってご馳走を食べよう。こんなところにいたら冷えてしまう」

恵子も廉太郎と同じく上着を着ていないので、寒そうだ。背中を押してやると、颯は素直に歩きだした。

開け放したままの入口で、美智子が地獄の門番のように待ち構えている。

「はんっ!」

廉太郎が通る際、聞こえよがしに鼻を鳴らした。

三

例年ならばだらだらと食べて飲んで、日が暮れてから帰るのに、長女一家は三時過ぎには暇(いとま)を告げて帰路についた。

すっかり臍(へそ)を曲げてしまった美智子と、落ち込んでいる颯がダイニングのテーブルについてしまい、こちらの会話に加わらなかったせいである。場を盛り上げようとした哲和くんの冗談がまた、壊滅的につまらなかった。

美智子が下の子二人の面倒を哲和くんに任せて知らんぷりをしていたから、凪は早々に食事を切り上げ、ゲームに没頭。アイドル性のある息吹だけが学校で習った歌を披露したり、踊ったりと孤軍奮闘していたが、さすがに疲れたらしく「もう帰ろうー」と言いだしてしまった。

　自分たちが飲み食いした食器を片づけると、美智子は帰り際に杏子の手を取り、「お父さんとの暮らしが辛かったら、いつでもうちに来て」と言い残して行った。廉太郎とは、目を合わせようともしなかった。

「おせち、けっこう余っちゃいましたね」

　食べ残しの載った座卓を見下ろす、杏子の残念そうな顔を美智子にも見せてやりたい。傷ついたと大袈裟(おおげさ)に騒ぎ立てる奴は、他の人間を傷つけていることに思い至らないのだ。

「いい、俺が全部食う！」

　むかむかする喉元に、鮭(さけ)の昆布巻きを無理に押し込んだ。

　手間がかからなくていいと喜んだものの、出来合いのおせちの賞味期限は元日までだ。早い時期から作りはじめるので仕方ないのだろうが、おせちとはそもそも歳神様を迎える正月に台所仕事を慎しみ、静かにすべしとの考えからきたものではないのか。日本の風習もなにもあったものじゃないと、腹立ちまぎれに車海老の頭を折る。

「お父さん、お酒」

　ほとんど減っていない哲和くん持参の大吟醸を空のコップになみなみ注(つ)ぐと、恵子から小言が飛んだ。無茶な飲みかたはしていないと、数日前に言ったばかりだ。

「うるさい。どいつもこいつも、自分勝手な奴ばかりだ」

「元はと言えば、お父さんが悪いんでしょう」

分かっている。だから謝ったんじゃないか。女というのは、済んだ話を蒸し返してばかりいる。

「なんだ、お前こそ偉そうに。どうせ可愛げがなくて男に相手にされないから、女に走ったんだ――」

「お父さん！」

大声を出し、強引に割り込んできたのは杏子だった。苦しげに、眉根を強く寄せている。

「よしてください。自分の娘を貶（おとし）めるようなことを言うのは」

これ以上、妻に余計な心労をかけたくはない。廉太郎は考えるより先に、「すまん」と口走っていた。

「恵子、大丈夫？」

「ん、私は平気」

しゅんと項垂（うなだ）れた廉太郎をよそに、杏子は娘を気にかける。恵子はさっぱりしたもので、自分の猪口（ちょこ）にも酒を満たして首を振った。

疲れたように、杏子が深く息を吐く。実際に、顔色がよくはない。

「なんだかくたびれちゃった。ちょっと、失礼しますね」

肩のカーディガンを掛け直し、よろよろと立ち上がる。寝室に向かうつもりのようだ。

「布団、敷こうか」

「いい、自分でするわ」

恵子の申し出も断って、足を引きずるような歩みで去ってゆく。

抗がん剤は八クール目。明後日にはそれも終わる。華やいだ気分だけで体の不調をごまかしていたのに、その気力が切れたのだろう。

「そうとう怒ってるね、あれは」

足音が遠ざかってゆくのを聞きながら、恵子が神妙な顔をする。

自分も憤りに任せて部屋に引っ込んでしまえばいいのに、「おせちがもったいない」と言いながら箸を動かしている。ヒステリックな美智子よりこの次女のほうが、考えが摑めない。居心地はすこぶる悪いが、こちらから席を立つのはなにかに負けたような気がするので、廉太郎もその場に居座り続けた。

「あ、このお酒美味しい」

「旨いな。哲和くんの、地元の酒らしい」

「なるほど、米どころだ」

当たり障りのない会話と強いアルコールのおかげで、血の集まっていたこめかみがじわりと溶けてゆく。楽しいはずの正月に残り物をつついている虚しさが、酒の酔いと共に体中に染み渡る。

タイミングを狙いすましたかのように、恵子が誘いかけてきた。

「ねぇ、日が暮れる前に初詣に行かない？」

巷ではインフルエンザが猛威を振るっている。抗がん剤治療中でも問題ないと医師が言うので夫婦揃って予防接種は受けておいたが、免疫力が下がっている杏子は大事を取って人の多く集まるところには出向かないほうがいいだろう。

ならばその分、廉太郎がしっかりお参りをしておかなければ。

「ああ、いいだろう」

気まずさの抜けきらぬ顔で、頷いた。

寒いので近場にしようということで、古利根川を渡ってすぐの、東八幡神社に行くことにした。春日部の駅を挟んで西側に春日部八幡神社があるせいか、近隣の者には「下の八幡様」の呼び名で親しまれている社である。

　こぢんまりとはしているが、本殿が古く、趣のある感じが、廉太郎は気に入っていた。普段は閑散としているのに、さすがに参拝の行列ができている。寒空の下に杏子を連れ出さなくて正解だった。

　境内にある公園では、北風にも負けず子供らが走り回っている。祖父母に手を叩いておだてられているよちよち歩きの赤ん坊を見て、それまで無言だった恵子が酔気の滲む目元を緩めた。

「可愛いね」

　あのころの赤ん坊は、みんながに股歩きだ。美智子も恵子も頭ばかり大きくて足取りが危なっかしく、転ぶんじゃないかとひやひやしながら見守ったものである。親の心配通りに盛大に転び、大泣きしていたのがつい昨日のことのようだ。

「お前、子供なんか好きだったか」

「若いころは興味がなかったけど、三十過ぎたあたりかな、可愛いなって思うようになったよ」

「だったら――」

「ごめん、期待はしないで。子供がほしくても、男の人がダメなの」

　希望の萌芽を先回りして摘み取られ、廉太郎は再び口を閉ざす。白い息が手編みのマフラーに吸い込まれ、顎先を軽く濡らした。

男がダメになった理由というのは、聞いてみてもいいのだろうか。

女の子の男性観には、父親の影響が大きいと聞く。父親に似た人を好きになるとかいう、あれだ。美智子には「お父さんとは正反対の人だったからテツくんを選んだ」と言われてしまったが、それでも「父親」という基準があることには違いない。

ならば恵子にも、なにかしらの影響があったのかもしれない。恐ろしくて、とても聞く気にはなれなかった。

口をへの字に曲げて唸っているうちに、参拝の順序がきた。賽銭箱の前で財布を開けて、少し迷ってから一万円札を摘まみ出す。

「そんなに？」

隣で恵子が驚いている。その手から千円札が、ひらりと賽銭箱の中に落ちた。

「今年は願い事が大きいからな」

未練を断ち切り、札を入れる。それから参拝の手順に従い、強く柏手を打った。

杏子ができるかぎり長生きしますように。痛みが取れますように。苦しみませんように。孫たちとまた会えますように。彼らがすくすくと元気に育ちますように。娘たちも健康で、パートナーとも仲良く過ごせますように。それから、それから――。

「長いよ」

後がつかえているからと、恵子にコートの裾を引かれて脇にずれる。本殿の脇から、廉太郎はなおも祈り続ける。

――それから、杏子がもっと、笑ってくれますように。

「お賽銭の金額と願い事って、特に関係ないらしいよ」

そう言う恵子こそ、普段は賽銭箱に札など入れはしないだろうに。

「べつにいいだろう。気持ちの問題だ」

恵子と並んで、帰路につく。早いものであたりはもう、うっすらと暮れかけている。人混みを抜けると、元日の清々しい空気に身を洗われた。夕暮れどきの寂寞感も手伝って、ふいに懺悔したいような心地になる。

「なぁ」

古利根川の流れを左手に見つつ、声をかける。たしか以前このへんで、見知らぬ若造から「老害」呼ばわりされたっけ。だが誰のことも害さずに、生きてゆける者などいるのだろうか。

「俺はやっぱり、よくない父親だったか?」

唐突な質問にも、恵子の歩みは動じない。黒のブーツが一定のリズムを刻んでいる。

「さぁ、どうだろ？」

前を向いたまま、首を傾げる。返事を焦らしているのではなく、今一度頭に考えを巡らせているのだ。

「小さいころは、存在感がなかったかな。ほとんど家にいないか、いても寝てるかだったから、母子家庭みたいなものだと思ってた」

朝早くに家を出て、遅くなってから帰る。子供たちの寝顔しか見ていない時期が、たしかにあった。少し寂しい気もしたが、当時は仕事に夢中だった。

「上を見ればきりがなくて、下を見てもきりがない。べつに暴力を振るわれたわけじゃないし、性的な目で見られてもいない。極端な餓えや寒さも知らないし、大学までの学費も出してもらえた。『女なんか本当は大学に行かなくていいのに、行かせてやるんだ』ってひと言は本当に余計だったけど、感謝してるし頑張ってくれたんだろうなと思う。充分だよ」

感謝していると言いながら、さりげなく毒を混ぜてくる。口調が穏やかなだけに、廉太郎も激昂せずに聞くことができた。

「でも、お姉ちゃんがどう思ってたかは分からない。他の子のお父さんと比べて、もっとしてほしかったことがあったのかもしれない。運動会に来てほしいとか、休みの日は遊んでほしいとか、可愛いって言ってほしいとか」

「美智子のことも、お前のことも、可愛いとは思っている」

「今となっては分かるけど、言動があべこべなんだよ」

「男ってのは、心の中で思っていることをそう易々と口にはしないもんだ」

「うん、たぶんそう言われて育ったんだよね、お父さんは」

　橋の上に差し掛かると、風が下から吹き上げてきた。廉太郎は飛ばされるまいとマフラーを押さえる。

「広島のお祖父ちゃん、ものすごい男尊女卑だったもんね。お母さんのこと、使えん女腹って言ってたの聞いたことある。それにアキくんと私たちじゃ、お年玉が三倍違った。女が金を持つとろくなことに使わんとか言ってた」

　アキくんというのは廉太郎の姉の息子で、恵子たちの従兄にあたる。そんなことは知らなかったから、美智子と恵子がある時期から広島に行きたがらなくなったのを、ただの我儘だと思っていた。

「そんなもんだ、あの世代の男ってのは」

「そうなんでしょうね。だけどもう、あのころとは違うの。時代と共に、価値観もアップデートしていかなきゃ」

橋を渡り終えたところで、恵子が振り返る。もう四十近いというのに、廉太郎たちのころの四十前後より明らかに見た目が若い。子供を生んでいないせいもあろうが、体型など二十代のころから変わらないように見える。

「そのマフラー、還暦のお祝いにお母さんが編んでくれたものでしょ」

そう言われ、廉太郎は手でしっかりと押さえていたマフラーに目を落とす。ネイビーブルーで、縄のような模様が入った手の込んだものだ。この十年、冬ごとに愛用してきたので若干毛糸がくたびれている。

「大切にしてるんだね」

「気に入っているからな」

「きっとさ、お父さんが心の中で思ってるだけの言葉って、言ってあげると喜ぶ人がいるよ。だからちゃんと、言ってあげなよ」

恵子が廉太郎を初詣に誘ったのは、これを伝えたかったからか。凛とした声が、薄暮の中に余韻を残す。廉太郎は返事も忘れ、残照を照り返すその顔を眺めていた。

なぜだかとても、寂しかった。美智子も恵子もいつの間にか大人になって、廉太郎を置いて行った。

子供時代は駆け足のように過ぎて、可愛かった記憶は断片でしかない。はじめて寝返りを打ったとか立ったとか、喋ったとか歩いたとか、かけっこが一位だったとかテストが百点だったとか、すべて杏子の報告で知るばかりだった。これほど巣立ちが早いのなら、無理をしてでも親子の時間を作っておけばよかったのだ。そんな思いが胸をかすめるのは、仕事をリタイアした今だからだろうか。

「恵子、さっきはすまなかった」

廉太郎の謝罪をみなまで聞かず、恵子はくるりと身を翻す。先をゆく後ろ姿は、綺麗に背筋が伸びている。

「私はいいよ。元々お父さんへの期待値が低いから」

分かっている。恵子が美智子のように喚き散らして怒らないのは、優しいからじゃない。廉太郎とはそういうものと、割り切っているからだ。

「それでも、悪かった。あんなのは、本心じゃない」

「知ってる」

恵子の吐く息が、天に吸い込まれてゆく。

透明度を増した紫の空と、黒い細身のシルエット。河川敷の立ち枯れた雑草が静かに揺れるこの光景を、せめて死ぬまで覚えておこう。

喪失の予感に怯えながら、廉太郎は瞼（まぶた）の裏のシャッターを切った。

四

美智子たちが帰って行った元日の午後から杏子は体調を崩し、床を上げられなくなった。地面にずぶずぶと沈み込んでゆくような、倦怠感が抜けないそうだ。そのくせ下痢をして頻繁にトイレに立つので、危なっかしい。トイレから一番近い居間に布団を移し、そこで寝かせることにした。

三日までだった恵子の滞在予定は、四日の夜までに延びた。五日が仕事始めだというから、疲れが抜けないのではないかと危ぶんだものの、本人がそうしたいと言い張った。

「忙しいのに、本当にごめんなさい」

しきりにすまながる杏子に、恵子は「謝られても嬉しくないよ」と言い聞かせていた。夜は隣に布団を敷いて、夜中にトイレに立つ杏子を支えてくれもした。おかげで廉太郎は、一人でぐっすりと眠ることができた。

考えてみれば杏子の体調が悪い日は、呻き声や吐きもどす音、トイレに立つ気配がするたび目が覚めて、しかも一度起きるとなかなか眠れない質ゆえに、寝不足が続いてしまう。はっと目を開けると小鳥の囀る朝だったときの感動を、久しぶりに味わわせてもらった。

「自覚はないかもしれないけど、お父さんも少し痩せたよ。緩和ケア外来は患者家族のケアにも気を配ってくれるはずだから、限界がくる前に相談してみたら？」

目の下にうっすらとクマを浮かべ、恵子はそう勧めてきた。快方へ向かっているならまだしも、治らないと分かっている杏子の看病は、じわじわと暗い洞窟の中に追い込まれてゆくような閉塞感があった。

できないことが、日を追うごとに増えてゆく。パジャマのボタンをとめようと、幼児のような手つきで奮闘している妻を見るたび、不安で叫びだしたくなる。

だがそれでも、辛い心の内を人に打ち明けるという発想は廉太郎にはなかった。男なら弱音を吐いちゃいかんという、自意識が先に立った。

「いやいや、こんなことじゃ頼れないだろう」

「頼りなさい。相手はプロなんだから」

呆れ顔の恵子は、廉太郎が杏子に習ったのと同じ手順で洗濯機を回している。

女の子だからというよりも、一人前の人間として自立できるようにと、杏子は娘たちに家事を仕込んだ。杏子がいなければ生活もままならなかった廉太郎は、決して自分の足で立っていたわけではなかったのだと、今さらながらに気がついた。

飲み薬のゼローダが終わったおかげか、杏子は四日の昼には体を起こせるようになり、恵子が作った粥（かゆ）もずいぶん食べた。

よかったと、廉太郎はひとまず息を吐く。これで抗がん剤八クールのすべてが終了した。

この先また別の抗がん剤を試みるにしても、当分は休薬期間だ。その間に、できるだけ体力を取り戻してやらねばならない。

様子を見て明日あたりから、階段の昇り降りやストレッチといった、軽い運動をやらせよう。それからたんぱく質の多い食事だ。夕飯の粥には、鶏肉を入れてやろう。

「お父さん、ちょっといいですか」

意気込んで老眼鏡をかけ、図書館から借りてきた『免疫力でガンに打ち勝つ』という本を開く。その矢先に声をかけられた。

「恵子も」

台所に立ち、洗い物をしていた恵子にも指名が入る。

あらたまってなにごとかと、訝りつつも続く言葉を待つ。恵子がエプロンで手を拭きながら座卓の前に座ったのを合図に、杏子はおもむろに口を開いた。

「このところ、自分なりに考えていたんですけど」

ずいぶんもったいぶる。まさか美智子の勧めどおり、廉太郎を捨ててあちらの家で厄介になると決めたわけじゃなかろうな。先読みをしすぎたせいで、額に汗が浮いてきた。

しかし杏子の言う考えとやらは、まったく想定外のものだった。

「抗がん剤は、これでひとまず止めにしようと思うんです」

「なに？」

驚いているのは、どうやら廉太郎だけだ。恵子は落ち着いた眼差しで、小さく頷いたのみである。布団を並べて寝ていた夜のうちに、相談されていたのだろうか。

「なぜだ。まだ八クール目の結果も出ていないのに」

「見なくても分かりますよ。このところずっと腫瘍マーカーは、少しずつ増えているじゃないですか」

「抗がん剤のおかげで、その程度で済んでいるんだ！」

投与を止めたあとのがん細胞の増殖っぷりを想像すると、喉が震えた。

「ですが、普通の生活ができないのが辛くって」

その「普通の生活」のために、寿命を縮めてもいいのか！

少しでも長く生きてほしいと願う夫と、最後まで人間らしく生きたい妻。相容(あいい)れないと分かっているからこそ、杏子は娘がいるうちにこの話題を持ち出したのだろう。

「お母さんの体のことだもの。お医者様にも相談して、お母さんが決めたらいいと思う」

恵子はエプロンを外し、畳みながら頷いた。

第七章　覚悟

一

開け放した窓から、いい風が吹き込んでくる。

薄手のセーター一枚でも、もう寒くはない。窓辺には日溜まりができていて、座っているとだんだん眠たくなってくる。

「一ノ瀬さん、一ノ瀬さん」

名前を呼ばれ、ハッと目を開けた。お隣の斉藤さんが、にこにこと笑いかけてくる。

「大丈夫ですか。お疲れですね」

しまった、対局中だ。慌てて盤上に目を走らせる。そして廉太郎は愕然とした。

いつの間にか、詰んでいる。こうなるまで気づかなかったなんて、集中力が散漫な証拠である。

「ま、まいりました」

潔く負けを認める。この台詞を絞り出すときが一番悔しい。己の負けを受け入れなければ終われない、なかなかシビアなゲームである。たとえ実力差のある相手でも、歯噛みしたい気持ちになる。

「すみません、今ちょっと意識が」

「分かります。今日は暖かいですもんねぇ」

三月も半ばに入り、急に気温が上がってきた。特に今日は洗濯日和で、朝から洗濯機を三度も回した。今夜は洗いたてのシーツで寝られるだろう。

「ちょっと休憩しましょうか。お茶でも淹れますよ」

斉藤さんが膝に手をつき、「よっこいしょ」と立ち上がる。

「ありがとうございます」

口先でそう言いながら、廉太郎は終局した盤の上を睨んでいた。いったいどこでしくじったのか。見極めようと目を凝（こ）らす。

だがふと別のことに思い至り、「あっ!」と声を洩らした。

「斉藤さん、ちょっと、待ってください」

胡坐（あぐら）をかいていたのに、足が痺れている。よろよろと立ち上がり、台所へ向かおうとする斉藤さんを追いかけた。

「はい、どうしました？」

斉藤さんはダイニングキッチンの手前で立ち止まり、廉太郎が追いつくのを待っている。

「お願いがあるんですが」

少しばかり、恥ずかしい。でも背に腹は替えられぬ。

思いがけぬ依頼に、斉藤さんはきょとんとしている。耳が熱くなってきた。

「お茶の淹れかたを教えてくれませんか」

「最近自分でお茶を淹れておるんですが、どうも不味くて。それで、コツみたいなものがあればと」

がんには緑茶がいいと聞き、急須で淹れたお茶を毎食後、杏子に飲ませている。関節の具合が悪いのか、杏子は急須を傾けるときの手首の角度が痛いと言い、廉太郎が手ずから淹れている。

それが不味い。渋すぎると思って茶葉の量を調整すれば今度は薄く、ちょうどいい色になったと思っても風味が死んでいる。なのに杏子は文句もつけず、大人しく飲んでくれるのである。

せめてどこが悪いか言ってくれたら、改めようもあるものを。どうせなら杏子に旨いお茶を飲んでほしい。なにより廉太郎だって飲みたい。

その点、斉藤さんの淹れるお茶はいつも美味しかった。いったいなにが違うのだろうと、疑問が湧いて出たのである。

「コツと言ってもねぇ」

斉藤さんは困ったように首を捻る。ちょっとこちらへと手招きし、廉太郎を流しの前に誘導した。

吊り戸棚を開けて、プラスチックのストックボックスを取り出す。使いかけのお茶の袋が、口を丸めて輪ゴムで留められている。

「たぶん、これのおかげだと思いますが」

斉藤さんが、お茶の袋を伸ばして見せた。そこに書かれてある文字を、廉太郎は読み上げる。

「熱湯煎茶？」

「ええ。緑茶って、湯冷ましなんかが面倒じゃないですか。でもこれだと、熱湯で淹れても渋くならないんですよ」

「ほほう」

そんな便利なものがあったなんて、知らなかった。

駒を片づけた将棋盤を間に挟み、お茶を啜る。斉藤さんとは、この距離が心地よい。テーブルで向かい合わせとか、ましてや隣同士などは小っ恥ずかしく、休憩だろうが将棋盤の前に戻ってきてしまう。

「あ、旨いですね。このきんつば」

「自治会長からのおすそ分けです」

「ああ、なるほど」

自治会長は校長まで務めた教師だったらしく、今でもご進物が多い。夫婦二人では食べきれないからと、ちょっといい菓子を持ってくる。以前この家にあったパフチョコも、そのルートで回ってきたそうだ。

「ふふっ」

「どうしました?」

「いえね、自治会長がいたらこうやって、窓なんか開けていられないなと思いまして」

斉藤さんの失笑のわけが分かり、廉太郎も「ふっ」と息を洩らす。

「ひどい花粉症ですもんね、あの人」

花粉症が高じて、「花粉が肉眼で見える」と主張するほどだ。窓など開けていようものなら、「黄色の軍団が襲ってくる！」と大騒ぎ。普段は頼りがいのある人だけに、そのギャップが面白い。

そよそよと吹いてくるこの春風を、心地よいと感じられないのは気の毒だ。また瞼が重くなってきて、廉太郎は目を細くする。

隣家から、「キャー！」という子供の歓声が聞こえてきた。

「おや、盛り上がっていますね」

すなわち、廉太郎の自宅である。長女の美智子が、三人の孫を連れて遊びに来ていた。

「騒がしくてすみません」

「いいえ。賑やかでいいですよ」

甲高い子供の声はよく響く。特に小学生の男子など、半ば猿だ。なにがおかしいのか、悲鳴に近い笑い声が立て続けに上がる。

「ほら、ばぁば、ばぁば！　見て！」

これは末っ子の息吹だ。なぜかすっかり興奮している。こんな騒ぎにつき合わされて、杏子が疲れないといいのだが。

「できるだけ母さんに、孫たちの顔を見せに来てやってくれないか」と美智子に頼んだ手前、心配になる。

廉太郎と恵子に宣言したとおり、杏子は抗がん剤を止めてしまった。これからは苦痛を緩和する措置以外はしないと主張し、緩和ケア外来にのみ通院している。最期には在宅ケアでの看取りという選択肢もあると示唆（しさ）されたが、病状が悪化したら緩和ケア病棟への入院を希望しますとはっきり答えた。

なぜそんなに先へ先へと、一人で決めてしまうのか。廉太郎の心はまるで追いつかない。

治療を止めることに、廉太郎は反対だった。一ヵ月でも二ヵ月でも、別れの瞬間を引き延ばせるなら、その方法に縋（すが）りたかった。

だが抗がん剤を止めてからの杏子は、生き生きとしている。自由に動き回れる時間が増え、できる範囲で料理を楽しみ、庭仕事に精を出している。手荒れはましになり、味覚も戻ってきたようだ。この間は廉太郎が釣ってきたメバルを煮つけにして、美味しい美味しいと食べていた。

「砂を嚙むような食事はもうこりごり」と言われては、無理を強いることはできなかった。

寿命のカウントダウンが、にわかに早まったようで焦る。廉太郎は美智子に電話をかけ、あらためて正月の失敗を詫びた。可愛い孫たちを、杏子にもっと会わせてやりたかった。

「俺のことが嫌なら、お前たちがいる間はよそに行くから」とまで譲歩した。

ゆえに廉太郎は、自宅から楽しげな声がするのを聞きながら、斉藤さんと対局している。あの輪の中に入れないのは、自業自得だった。

「男の子は元気ですねぇ。もっとも私、息子があのくらいのときの記憶なんてほとんどありませんけども」

斉藤さんが、なんとも反応しづらいことを呟く。廉太郎は、きんつばの残りを嚙まずに飲み込んでしまった。

お茶を啜り、味覚をいったんリセットする。煎茶は本当にポットのお湯をそのまま注いだだけだが、深みのある味がした。

「もう一局、やりますか」

同世代の男同士、胸に抱える寂しさの種類は似ている。廉太郎は深く切り込まず、盤上に駒を並べはじめた。

「目が覚めましたか」

斉藤さんの含み笑いには、底知れぬものがある。

「おかげさまで」

廉太郎は苦笑するしかなかった。

二

斉藤さんを相手に三局続けてこてんぱんにされ、虫の息。というときに、「美智子たちが帰りましたよ」と杏子からメールが入った。

さすがにもう、次の勝負を挑む気力はない。廉太郎はすごすごと、家に帰ることにした。

「あら、お帰りなさい」

メールをしてすぐ戻ってきた廉太郎に、杏子は少し申し訳なさそうな顔を見せる。孫に会うためとはいえ夫を外に追いやってしまうのを、気の毒に感じているのだ。娘たちとの仲がこじれたのは廉太郎のせいなのだから、べつに気にすることはないのだが。

「疲れていないか？」

「いいえ。むしろエネルギーをもらいましたよ」

気持ちの上ではそうでも、体はついていかないのだろう。杏子は居間の座椅子に、ぐったりと体を預けている。それでも以前より、顔色はいい。

「美智子が日持ちのするおかずを、たくさん作り置きしてくれましたよ。ご飯だけ炊けば食べられるようにって」

どうりで子供たちのはしゃぐ声と共に、旨そうなにおいまで漂ってきたわけだ。

冷蔵庫を開けてみると、料理の入ったタッパーが積み重ねられている。子供たちに目を配りながら、よくぞこれだけの品数を作れたものだ。

「だから太るんだな、あいつは」

「お父さんは本当に、口に気をつけてくださいね」

「どう言やいいんだ」

「素直にすごいとか、嬉しいとか、ありがたいとかですよ」

心の中ではそう思っている。なかなか口に出すのは難しい。

「米を研（と）ぐよ」

セーターの袖をまくり、台所に立つ。この作業は案外好きだ。なぜか頭が空っぽになる。

シャキシャキ、シャキシャキ。米を砕かない力加減で研いでゆく。

「あのね、颯くん、卒業式で送辞を読むんですって」

「へぇ」

「凪くんは、プログラミングの授業が楽しみらしいです。ほら、もうすぐ必修化するんですよね」

「小学生でそんなことをするのか」

「息吹くんは、バレンタインにチョコを五つももらって、お返しが大変だったそうです」

「お調子者だからな、あいつは」

杏子はまるでそれが義務であるかのように、孫たちの近況を、逐一廉太郎に報告してくる。

娘たちが子供だったころも、こうして背中に話しかけてきた。そのかに玉、美智子が卵を割ってくれたんですよ。恵子はクラスで一番に九九を覚えたんですって。

廉太郎は、いったん手を止めて振り返った。

「そうか。みんなすごいな」

ただそう応じただけで、杏子は満面に笑みを広げる。

孫を褒めただけで、こんなに嬉しそうな顔をするのか。身内にかぎらず廉太郎は、あまり人を褒めるということをしてこなかった。

「颯くん、上手に読めるといいですね」

「いつなんだ、卒業式は」

「三月二十五日ですって」

廉太郎は、食器棚の横に貼られたカレンダーに目を遣った。すでにもう、一週間もない。

「見に行くか？」

ああいう式典は、祖父母も参加していいのだろうか。会場のキャパシティが分からない。

「まぁ、お父さん。颯くんが卒業するわけでもないのに」

「あ、そうか。送辞か」

颯はまだ五年生だ。卒業まではあと一年ある。

「大丈夫ですか。孫の歳も分からなくなるなんて」

「つい、うっかりだ」

忘れていたわけではないと主張する。ちょっと間違えただけではないか。

「お前こそ、カレンダーのバツが一つ抜けているくせに」

杏子はいつも、カレンダーの過ぎし日にバツをつける。今日は日曜日なのに、土曜の日付が手つかずのままだ。

「あら、いけない」と、杏子は水性ペンを片手に立ち上がった。キャップが外せず、もたついている。

「貸してみろ」

濡れた手を拭き、開けてやった。指先の感覚は、まだ鈍いようだ。

「なぁ」

ペンを握ったまま呼び掛ける。杏子はきょとんと目を瞬いた。

「カレンダーのバツは、必要か？」

分かっている、こんなものはただの習慣だ。げんに杏子が病気になるまでは、バツの並ぶカレンダーを気にも留めていなかった。

だがこれからも、残された限りある時間をバツで埋めてゆくのか。共に過ごした日々を消されるのは、寂しい気がした。

「せめて、マルにしないか」

杏子が黙っているものだから、代替案を出した。ひと月ごとに破り捨ててしまうカレンダーでも、どうせならたくさんのマルがほしい。

「嫌ね、私ったら。いつの間にか癖になっちゃって」

独り言のように呟いてから、杏子は「はい」と手を出してきた。ペンを渡してやると、昨日の日付にマルをつける。なにか特別なことがあったような日になった。

「うん、いいですね」

「ああ、このほうがいい」

今日も明日も明後日も、杏子が傍にいる特別な日だ。見落としがちな日常に、マルをつけて丁寧に掬い上げてゆこう。

廉太郎は、満足して頷いた。

炊飯器のタイマーを合わせてから、やれやれと居間の座卓に手をかけて座る。対局中同じ姿勢を取り続けていたせいか、膝が痛んだ。まったくもって体というものは、自分の年齢をよく知っている。

「ねぇ、お父さん。一緒にこれを書きませんか」

杏子も座卓の向こう側に座り、ノートを二冊差し出してきた。

『「もしも」にそなえて 今日からはじめるエンディングノート』

老眼鏡なしでも読めるくらい、表紙にはっきりとそう書かれている。

「なんだ、これは」

「美智子に頼んで買ってきてもらったんです。なにかあってからじゃ遅いから」

ぱらぱらと中身を確認し、鼻白む。廉太郎も少しは耳にしたことがある。いずれ迎える死に備え、希望を書き記しておくためのノートだ。

「なぜこんなものを」

「先生に言われたんです。この先握力が弱ってペンも持てなくなってくるから、大事なことは今のうちに書いておいたほうがいいって」

その言葉が、ぐさりと胸に突き刺さる。

主治医はもう、「甘ちゃん先生」ではない。緩和ケア外来の、穏やかな熊のような先生だ。「熊先生」は、患者に対して「死」をごまかさない。

「たとえ短い時間でも死と向き合い、生を見つめ直していただく。苦しいかもしれませんが、人間らしい最期を迎えるためには、大切なプロセスです」

誠実な目で、そんなふうに語りかけてくる。死んでほしくないという願いは、廉太郎のエゴにすぎないのかと思えるほど穏やかに。

「なんで、俺まで」

感情を抑えようとしたら、やけにそっけない口調になってしまった。それでも杏子は朗らかに笑っている。

「お父さんだってもう七十なんですから、他人事じゃないんですよ。私たちのことは、ちゃんと自分で決めておかないと」

つべこべ言うなと言わんばかりに、ボールペンと老眼鏡を差し出してきた。廉太郎は顔をしかめる。

「自分の年表なんて書くのか？」

表紙を開いた一ページ目は、このノートを読んでもらいたい人、保管してもらいたい人の名前を記入する欄になっている。その次のページからいきなり、『私について』という自分語りがはじまる作りになっていた。

氏名、生年月日、血液型、出生地、本籍地、血縁者のリスト、そこまではいいとしよう。だが廉太郎の年表など、誰が読みたいと思うだろう。『私の思い出』として、『幼稚園・保育園のころ』『小学校時代』『中学校時代』『高等学校時代』『大学・その他学校時代』『社会人になってから』などと、項目が細かく分けられているのだから、ますます煩わしい。

さらに『趣味のこと』『楽しかったこと』『悲しかったこと・辛かったこと』『失敗したこと』『チャレンジしたこと』と続く。こんなものは絶対に、娘や孫たちには読まれたくない。

「なるべく自分史のページが少ないのを買ってきてもらったんですけどね」

「少ないのか、これで？」

世の中の年寄りは、それほど自分の生きざまに自信があるのだろうか。

いや、でも杏子が病気になる前なら、廉太郎もぶつくさ言わずに書いたかもしれない。社会に貢献してきた価値ある大人として、自負するところがあったからだ。その知恵と経験を、書き記しておくべきと思っただろう。

「なかなか、恥ずかしいな」

我が身を振り返ると、顔が熱くなる。人生を共に生きてくれた女一人救えないくせに、なにを驕（おご）り高ぶっていたのだ。目尻を掻くふりをして、廉太郎は滲み出てきた涙を払った。

「まぁそう言わず。お父さんの幼稚園の思い出ってなんですか？」

「覚えていないだろう、そこまで古いと」

「あら、私はけっこう覚えていますよ。もみじ組のタカちゃんという、かけっこの速い男の子が好きでした」

「なにっ、早熟だな」

思えば子供時代の話など、互いにしてこなかった。杏子は嫁入りのときにアルバムの類いを持ち込まなかったから、写真すら見たことがない。

「意地悪な男子に囲まれていたら、必ず助けてくれたんですよ」

「それは、格好いいな」

五、六歳の幼児に男として負けた気がして、廉太郎はうむと唸る。こういう話を、杏子ともっとしたかった。

「小学校からはさすがに覚えているぞ。あだ名は『滝』だった」

「どうして？」

「音楽で習っただろう」

「ああ、滝廉太郎」

閃きついでに杏子は、「はっこねのやまは、てんかのけん～」と口ずさむ。かつてはPTAの合唱部に誘われるほどの美声だったのに、もうすっかり声に張りがない。加齢のせいだけでないのは分かっている。

「校庭の陣地争いで、上級生にボコボコにやられたな。それが悔しくて、空手をはじめた」

「ふふっ、お父さんらしい」

杏子が頬を撫でるような、優しい声を発する。まだあどけない、子供の廉太郎に向けられた微笑みだ。この眼差しに包まれて育った自分の娘たちが、なんだか羨ましく思えた。

「私は四年生のとき、家によく遊びにくる兄の友達が好きでしたよ」

「おい、さっきからなんで男の話ばかりなんだ」

「あらここ、写真を貼る欄がありますよ」

廉太郎の不満を聞き流し、女学生のように杏子がはしゃぐ。きっとわざとだ。そんな大昔の話には嫉妬せんぞと、廉太郎は口元を引き締める。

「写真なんて、もうずいぶん撮っていないな」

「じゃあ撮りましょう。はいお父さん、笑って」

カシャリとシャッター音が響く。いつの間に、スマホを起動したのだろう。

「まぁ、難しい顔」

「おい、ちょっと待て」

「お父さんも、見てくださいよ。ほら、こっち」

手招きされ、膝でにじり寄る。スマホを覗き込もうとしたら、杏子が頬を寄せてきた。

「はい、チーズ！」

古臭い掛け声と共に、二人の顔が切り取られる。いわゆる自撮りというやつだ。

「いいわ、よく撮れた」

「なんだよ。若い娘でもあるまいに」

杏子は笑顔でピースなどしているが、廉太郎は額に皺を寄せ、驚いた顔をしている。あらためて見てみると、お互いに老けたものだ。

「せっかくだから、美智子にプリントしてもらいましょう」

「送るのか、それを」

「はい、今送りました」

手早い。二つしか歳が違わないのに、なぜこんなに機械に強いんだ。

「あははは。『お父さんキモい』ですって。ひどいわねぇ」

そして美智子のレスポンスも早い。実家に遊びに来ておきながら父の顔も見ずに帰った娘に、杏子はさりげなく近況を知らせたのだ。

こいつは、どうして人のことばかり。

目元を掻くふりでは間に合わず、廉太郎は「お茶を淹れよう」と立ち上がった。

三

食後でもないのにお茶が出てきたことに、杏子は疑問を挟まなかった。この女の気づかないふりに、自分はどれだけ助けられてきたのだろう。相手が杏子でなければ、夫婦生活はここまで続かなかったかもしれない。

「あら、美味しい」

お茶をしっかり吹き冷まし、ひと口啜ってから杏子は目を丸くする。湯呑みが持ちづらいほど熱かったから、味の期待はしていなかったのだろう。

はじめていい感想が聞けた。斉藤さんに、茶葉を分けてもらった甲斐がある。

廉太郎は大いに満足し、まだ一文字も書いていないノートを引き寄せた。

「べつにこの『思い出』なんてのは、ちゃんと書く必要はないんだろう」

「そうですねぇ。お父さんはもっと後に、人生を振り返りたくなったら書くといいですよ」

「書かんぞ、俺は」

振り返ってどうする。そのときは傍に杏子がいないのに。「こんなこともありましたねぇ」と、微笑んでくれないくせに。

廉太郎は乱暴にページをめくり、『いざというときのために』という見出しに行き当たる。ここに至るまで、十二ページも自分史用に割かれていた。

だがむしろ、大事なのはここからだ。

まず最初に、介護についての質問からはじまっている。

・介護について
①私が認知症や寝たきりになったときの介護は
□自宅で介護してほしい
□息子、娘夫婦宅でしてほしい
□病院や施設でしてほしい
□その時々の状況に応じて、一番適した場所でしてほしい

チェックリスト形式になっているのは、より明確に意思を伝えるためだろう。

廉太郎の頭によぎったのは、春日部の駅前を徘徊(はいかい)するスーツの男だった。両脇から家族に支えられて、遠ざかってゆく後ろ姿だ。仕事を辞めてから、決まった時間帯に駅を利用することはなくなった。あの御仁は、今もまだ通勤の真似事をしているのだろうか。

娘たちに、あんな迷惑はかけられない。

「三つ目だな」

団塊(だんかい)の世代ゆえ施設に空きがあるのかという不安はあるが、廉太郎は迷わずそこにチェックを入れた。

さて、次の項目は。

「要介護となったときの介護費用か。ええと、『私の年金、貯金でまかなってほしい』だな」

さらにその次は、要介護となったときの財産管理について。面倒をかけるが、これは娘たちに頼むしかない。

廉太郎は順調にチェックを入れてゆく。介護の次は、医療に関する質問だった。

重病の告知については『ありのままにすべて告知してほしい』、臓器提供は『意思表示カードに記入済み』、それから延命について――。

ここでつい、手が止まった。

選択肢は三つある。

□延命措置を望む
□苦痛を緩和する措置は望むが、延命のためだけの措置は望まない
□家族の判断に任せる

廉太郎のボールペンは、二つ目の四角の上で停止していた。

おそるおそる、顔を上げる。杏子は廉太郎の手元を見ながら、「ね？」と念を押すよう

に言った。

「自分で選ぶと、そうなるでしょう?」

廉太郎の父は、あたりまえに病院で死んだ。危篤の報せを受けて慌てて駆けつけると、父は多種多様のチューブでベッドに括りつけられていた。すでに衰弱しきっているのに胃ろうの措置が取られ、「辛うじて生かされている」状態が続いていた。

そのときはっきりと自覚したのだ。こんなになってまで、生きていたくはないと。

母と姉が、よかれと思って選んだことだ。延命治療を断れば、父をみすみす死なせることになる。そんな重たい選択は、家族にできるはずがなかった。

「そうか。そうだな」

廉太郎はうつむいて、二つ目の四角をチェックする。このノートを書かなきゃいけないわけが、よく分かった。娘たちに、そんな選択をさせないため。そして杏子の死に、廉太郎自身も向き合うためだ。

「お父さん」

座卓に置いた手に、冷たい手が重ねられる。

「大丈夫、大丈夫だ」

正直に言ってしまうと、きつい。それでもこれは、廉太郎が受け入れなければいけない痛みだ。杏子をベッドに括りつけたまま死なせたくはない。その余生を、少しでも輝きのあるものにしてやりたい。

宥めるように手の甲を、トントンと一定のリズムで叩かれる。

違う。これをしてやらなきゃいけないのは、俺のほうなのに。情けないことに、こんなときまで杏子に支えられている。

「ねぇ、お父さん。私の体が動くうちに、一泊で温泉にでも行きませんか」

ほらこんなふうに、気を遣われて。

今さら二人きりで温泉なんてと、尻込みをしていたのに。

老眼鏡を外し、廉太郎は目頭を揉む。どうにか笑顔のようなものが作れた。

「いいのか。世の奥さん連中は、宿でも『母さんお茶』をやられるから、亭主と旅行に行きたがらないらしいぞ」

「そうですねぇ。私も前なら行きたくなかったかもしれませんが」

微笑みを浮かべたまま、杏子はなかなか辛辣なことを言う。

「でもお父さん、お茶も美味しく淹れられるようになったじゃないですか」

「おいおい」

廉太郎はもう、靴下の収納場所すら分からなかったころとは違う。杏子任せにしなくても荷造りくらいできるし、風呂上がりにはマッサージをしてやろう。帰宅してからの洗い物だって引き受ける。だけど、お茶は——。

茶葉に秘密があることを隠し、自分の手柄にしようと思っていたのに。

廉太郎は観念し、種明かしをすることにした。

四

目に眩しいほど白い肌着が、青空の下で揺れている。蛍光剤入りの洗剤は、やはり洗い上がりがひと味違う。廉太郎は庭の物干し台に次々と、洗濯物を干してゆく。

雨模様の日は、雨除けのある二階のベランダに。今日のような天気のいい日は、庭に干すのが気持ちいい。

四月一日、春日部ではちょうど桜が満開だ。あとで杏子と、近所を散歩してもいいかもしれない。箱根(はこね)は、どれくらい咲いているだろう。

お茶の件でずるをしたのがばれてしまったが、温泉には行けることになった。慌てて旅行会社に連絡をし、箱根で宿を探してもらった。少し急ではあったが、露天風呂つきの部屋が取れた。

杏子はべつに気にしないかもしれないが、いかにも病人然とした痩せた体や手術痕を人目にさらしたくなければ、部屋の風呂を使えばいい。そう考えて、露天風呂つき客室は必須条件だった。

二人で旅行なんて、照れ臭いところもある。娘たちは、「めいっぱい我儘を言えばいいよ」と杏子を焚きつけたそうだ。なにをさせられるのか恐ろしいが、明日からの二日間、湿っぽいのは一切なしで、思う存分楽しんでこよう。

洗濯物を干す廉太郎の傍らで、杏子は縁側に掛けて日向ぼっこをしている。微笑ましい光景だが、膝の上に広げられているのは、先日取り寄せた霊園のパンフレットだ。やけに楽しそうに眺めている。

「あのね、私やっぱり、樹木葬がいいと思うんですけど」

またその話か。夫婦の間に墓の話題が持ち上がるようになったきっかけは、先日のエンディングノートだった。

書けるところまで書いたノートには、『葬儀、お墓、埋葬について』という項目があった。そのとき廉太郎は、葬儀の生前予約なるものがあることをはじめて知った。

気の早いことである。だが身内の死後悲しみにくれる暇もなく、葬儀場やプランを選ばなければいけないのはなかなか酷だ。その前に自分で選んでおけば、遺族の負担も減るというわけか。

葬儀は身内だけでひっそりと営んでほしい。会社員時代の繋がりなど、もはやないに等しいのだ。

人生の大半を仕事に費やしたというのに、去る者は日々に疎し。最後まで残る縁ではなかった。まして退職前の数年間は、煙たがられていた節さえある。

工場のライン作業に回されていたことを告げたとき、杏子は、「知っていましたよ」とにっこりした。

「だって、美味しそうなおせんべいの香りをさせて帰ってくるんですもの」

盲点だった。体に染みついたにおいは、自分では分からない。とっくにばれていたということだ。あまりにも恥ずかしく、廉太郎は頭を抱えた。

「いいじゃないですか。スーツ通勤をおやめになったとき、この人はやっと脱ぎ捨てられたんだなって、ホッとしましたよ」

本当に、杏子はなんでもお見通しだ。

さて、問題は墓である。

一ノ瀬家先祖代々の墓があるのは、廉太郎の郷里の広島だ。杏子はそこに、入りたくないと言った。

「だってあのお墓を管理しているのは、主にお義姉さんじゃないですか。お墓参りもめったにしないのに『入れてください』って、虫がよすぎるでしょう」

両親がそこに葬られるとなれば、美智子と恵子も知らんぷりはしていられない。法事があれば遠方まで出向かなければならないし、管理費も負担することになるだろう。

「かといってこっちにお墓を買うとなれば、あの子たちに墓守をさせることになりますし」

嫁に行った美智子は、両親と同じ墓には入らない。恵子なら結婚はしないだろうが、その後を見てくれる子供がない。高い金を出して墓を買ったところで、けっきょく娘たちの重荷にしかならない。

「だから私、樹木葬にしてほしいんです」

廉太郎だってシニア世代だ。そういった埋葬法があることは、勝手に耳に入ってくる。墓石を設けず、代わりに樹木を墓標とする葬法だ。植物が好きな杏子らしい発想である。

たいていの場合は宗派を問わないし、埼玉にもいくつかある。渋る廉太郎を尻目に、杏子はすぐに資料請求をした。

「見てくださいよ。ここ、素敵でしょう」

杏子はパンフレットをこちらに向けて、アピールしてくる。洗濯物を干し終えて、廉太郎は空になった籠と共にその隣に座った。

樹木葬には里山の自然をそのまま生かした所もあるが、ここは違うようだ。パンフレットには『薔薇と草木に囲まれたイングリッシュガーデンで、安らかに』という売り文句が躍っている。

「庭園風か」

墓標代わりに使われるシンボルツリーも、薔薇である。いかにも杏子が好きそうだ。立地も春日部からは東武伊勢崎線で一本。いやに近い。

「ふむ、永代供養が基本なのか」

それはいい。娘たちの手間にならないなら、なによりだ。

さすがに安い。合祀でいいなら、一人十五万円。一人に一本樹木が割り当てられる個別型でも三十五万円とリーズナブルだ。しかも初期費用だけで、管理費がかからない。

「私はべつに、合祀でもいいですよ」

「正気か。見知らぬ他人と一緒に祀られるんだぞ」

専用のケースに入れて埋葬されるため、赤の他人の骨と交じり合うことはないようだが、それでもなんだか気持ちが悪い。墓参りに行くと、知らない人にまで手を合わせる羽目になるではないか。

「それに、俺が後から入れない」

「あら。一緒に入りたいんですか」

驚いた顔をされて、廉太郎は言葉に詰まった。杏子はもしや、夫と同じ墓に入るなんてごめんだと思っているのだろうか。

「冗談ですよ。ほら、こっちに夫婦墓というのがあります」

機嫌を取るように、杏子は別のプランを指差した。だがそれしきのことでは、一度曲げた臍は戻らない。

「べつに、一人で入りたいならそうすればいい」

「拗ねないでくださいよ。ちゃんと待っていてあげますから」

廉太郎は「フン！」と鼻を鳴らし、杏子の膝からパンフレットを奪い取る。写真を見ても、とても墓地とは思えない。地中海風の白いパラソルとベンチまで備えつけられており、リゾート気分が味わえそうな趣だ。

いかにも女子供が好きそうで、廉太郎は鼻柱に皺を寄せた。

「なんだか俺には似合わないな」

「そうですか？　娘たちは賛成ですってよ」

すでに根回し済みなのか。

また三対一だ。もう少し考える時間がほしいのに、女たちはすぐに結託してしまう。

「薔薇の季節はきっと気持ちがいいですよ。お墓参りも、お花見気分でできますね」

あまり我儘を言わない杏子の目が、輝いていた。絶対にここがいいと訴えかける。

それでも廉太郎が嫌だと言えば、「そうですか」と諦めるのだろう。がっかりした顔は見たくない。

杏子が気に入ったのなら、ここは折れるしかあるまい。

「なら、下見に行くか」

「いいんですか」

「ああ。薔薇の時季に行けるといいな」

薔薇が咲きはじめるのは、五月ごろだったか。杏子はまだ旅行に行けるほど元気なのだ。あとひと月くらい、体力はもつだろう。

廉太郎が誘引した庭のつる薔薇からも、すでに若葉が吹きだしている。先日は杏子の指示で、芽出し肥（ごえ）をやったばかり。こちらも花が楽しみである。

杏子はつる薔薇の緑を見遣り、懐かしそうに目を細める。それから「そうですね」と頷いた。

五

旅行に備えて夜は早めに風呂と食事を終え、床に就いた。互いに年寄りなのだから、どのみち朝早くに目が覚めてしまうのだが、少しでも杏子の体力を温存しておきたかった。

旅先では、あまり動き回らず宿でゆっくりしていよう。食事の美味しい旅館だという。めっきり食欲が落ちてしまった杏子も、気分が変われば少しは食べられるだろうか。もったいないのを嫌う女だから、量は減らしてもらうよう、あらかじめ頼んでおいた。

「おやすみ」と宣言して、布団を引き被る。ところが眠りは、いっこうに訪れそうにない。

明日が楽しみで眠れないなんて、まるで子供だ。声は洩らさず、苦笑する。

それでもこういうとき、早く眠らねばと焦らずに済むのは経験の差だ。ただ横になって目をつぶっているだけでも体力は回復することを、歳を重ねた廉太郎は知っている。

まぁそのうちに眠れるだろうと、のんびり構えることにした。隣の布団からは、安らかな寝息が聞こえてくる。杏子が眠れているならそれでいいのだ。

寝息に紛れて時おり鼻がピーと鳴るのを、笑いをこらえながら聞く。ピー、ピー、ピ

――。よかった、杏子はまだ生きている。

そうこうするうちに浅い眠りが、廉太郎の元にも降りてきた。

微睡(まどろ)みの中で、微かな呻き声がする。夢か。だとしたらいったい、なんの夢だ。

「う、うっ」

苦しげな声が、耳元にはっきりと聞こえた。はっと現実に引き戻されて、飛び起きる。

「どうした！」

暗闇の中で、杏子が身を丸めている。電灯をつけると、眩しげに顔を背けた。

「なんだ、腹か？」

手で腹部を庇(かば)っている。撫でてみて、ぎょっとした。腹がぱんぱんに張っていた。

また腸閉塞だろうか。時計を見れば、午前二時を過ぎたばかり。朝は遠い。

「待ってろ、救急車を」

慌てて立ち上がろうとして、パジャマの裾を引かれる。杏子は額にびっしりと脂汗を浮かべ、首を振る。

「ダメ、です」

「ああ、そうだった」

主治医の「熊先生」からは、容体が急変しても救急車を呼ばないようにと念を押されていた。救急外来に運ばれてしまったら、望まぬ延命措置を受ける羽目になるからだ。目の前の患者の生命を救う、それがＥＲの使命なのだから、杏子の希望とは相容れない。

　操作に手間取りながら、スマホから緩和ケア病棟に連絡を入れる。もしものときのために、番号を登録しておいてよかった。「熊先生」がちょうど当直で、電話口に出てくれた。

「部屋を用意しますから、すぐにタクシーを呼んで来てください」

　杏子は、またしても緊急入院となった。


　腹が膨れていた原因は、腸閉塞ではなく腹水だった。

　病状が進むと胸水や腹水が貯留されるだろうと、主治医から聞かされてはいた。杏子の病状は、もう次の段階に入ってしまったのだ。

　死の影がひたひたと近づいてくる。あまりの恐ろしさに膝が震えた。だが青ざめている場合ではない。寝ているのを承知で美智子と恵子に電話を入れたが、二人とも今すぐに駆けつけることはできないのだ。しっかりしなければと頰を叩く。それから廉太郎は杏子の病室に入った。

　緩和ケア病棟は、すべて個室だ。家族は簡易ベッドを広げ、隣で休むこともできる。別料金にはなるが、宿泊用の部屋もあるということだ。

ベッドに横たわる杏子は、少し落ち着いたのか廉太郎を見て目元を緩めた。利尿剤を処方されただけで、腹水を抜く措置は取られていない。

「熊先生」の説明によると、腹水というのはタンパク質や糖質、脂質、アミノ酸、電解質など、体に不可欠な成分が多く含まれているという。つまり栄養の塊と言ってもよく、それを抜くことによって、衰弱を早めてしまうそうだ。

抜いた腹水をろ過してまた体内に戻すＣＡＲＴという治療もあるようだが、「ひとまずは利尿剤でコントロールしてみましょう」とのこと。保険上の制約でＣＡＲＴは二週間に一度しか実施できず、腹水の増加に間に合わないかもしれないからだ。

利尿剤が効いて、少し楽になってくれるといいのだが。廉太郎は暗くならないよう微笑みを浮かべ、病床の横に置かれた椅子に腰掛ける。今夜はここに泊まるしかない。

「すみません、お父さん」

なにを謝ることがある。廉太郎はゆっくりと首を横に振る。

「でも、旅行が」

そうだった。朝になったらそちらにも連絡を入れなければ。キャンセル料はたしか、当日の旅行開始前なら五〇パーセントだったたか。

「なんだ、そんなことか」

正直なところ、惜しい気持ちがないわけではないが、杏子を責めるのはお門違いだ。

「気にするな」と、布団から出ている手を軽く叩く。

「腹水が治まったら退院できるそうだから、旅行にはまたあらためて行けばいいさ」

心の底から出た言葉ではないせいか、廉太郎の声は殺風景な病室に虚しく響いた。誰に言われずとも分かっていた。杏子との旅行は、もう絶望的だと。その体はすでに、もっと遠くに行く準備をはじめている。

杏子にも分かっているのだろう。なにかを諦めるように、ふうっと長く息を吐いた。

「退院は、もういいです。このままここで最期を迎えます」

「なにを言っているんだ」

夜が明けていないことも忘れ、つい声が大きくなった。廉太郎はマットレスに拳を打ちつける。

「家事は俺が全部やる。だったら家のほうが寛（くつろ）げるだろう」

「まさかお父さんから、そんな言葉が聞ける日がくるとは」

くすくすと、杏子は可笑（おか）しそうに笑う。それでも目つきは、どこか虚（うつ）ろだ。

「でも今日みたいになにかあるたび、タクシーを飛ばして病院にこなきゃいけないでしょう。そんな迷惑、かけられませんよ」

「迷惑なものか！」

それが迷惑と言うのなら、夫婦などやめてしまえ。健やかなるときも病めるときも、いざというときに支え合えるのが夫婦だろう。これまで屁の突っ張りにもならなかった夫だ。こんなときくらい、遠慮なく寄りかかればいい。

「在宅ケアに切り替えよう。それなら二十四時間体制で、あちらから駆けつけてくれる。最期まで、家でのんびりしていればいいんだ」

「でもあなた、また痩せましたよ」

近ごろめっきり皺が目立ってきた首元に、杏子の視線が注がれる。その瞳に、澄んだ泉が湧き上がる。

「病気って、看護するほうも辛いでしょう。私はこれから、体の機能がどんどん失われてゆくんですって。あたりまえのことができなくなって、あなたを煩わせてしまうでしょう」

「いいんだよ。俺をもっと、頼ってくれ」

杏子の唇が震える。限界を超えて、涙が堰を切ったように頬を流れてゆく。

本当は、誰よりも泣きたかったくせに。自分のことは後回しにしてしまう、この女の悪い癖だ。

廉太郎は、両手で杏子の頬を包んだ。子供みたいにしゃくり上げる、妻が愛おしくてたまらなかった。

「言いたいことがあるなら、言ってくれ。恨み言でもなんでも聞くから」

込み上げてくる感情が、喉元で渋滞したのか。ぐっと息を飲んでから、杏子は声を絞り出した。

「怖いの」

「うん」

その言葉を、廉太郎は丸のまま受け止める。

「痛いのが怖いの。食べられなくなっていくのが怖いの。力が萎えてゆくのが怖いの。このまま目覚めなかったらどうしようって、寝るのが怖いの」

「うん、うん」

「死ぬのが、怖いの」

死に直面して、なぜそんなに冷静でいられるのかと思っていた。でも杏子は悟りを開いた仏でもなんでもない。怯える心を、廉太郎に見せないようにしていただけだ。

廉太郎の弱さが、杏子を無駄に強くさせていた。頼りない夫の心が崩れてしまわないように、ずっと気を張っていたのだ。

涙に濡れた頬を手のひらで拭う。その感触が、次の涙を呼び起こす。

「俺も、お前を失うのが怖いよ」

それでもまだ、杏子はここにいてくれる。辛いときは、二人で抱き合って泣けばいい。

「ごめんなさい、ごめんなさい」

「謝るな」

「あなたを一人にして、ごめんなさい」

すがりついてくる杏子の力は弱い。パジャマを着たその肩に、廉太郎の涙が吸い込まれてゆく。

四十三年前、見合いの席に少し緊張した面持ちで座っていたあの女が、こんなに大切な存在になるとは思わなかった。

叶うなら、あのときの自分に言ってやりたい。あの子はお前にとって最高の女だと。宝物のように、大事にしてやるんだぞと。

謝りたいのは、俺のほうだ。

嗚咽(おえつ)を洩らすまいとして、廉太郎は歯を食いしばる。抗がん剤を止めても、杏子の髪はまだ生え揃わない。まばらになったその頭を撫でてやる。

「他にないのか。馬鹿でも阿呆(あほ)でも、なんでもいいぞ」

「じゃあ、馬鹿。お父さんは、馬鹿ですよ」

「そうだな。そのとおりだ」

杏子の肩が微かに震える。笑ったのだ。

廉太郎もつられて笑った。馬鹿と言われても、思い当たる節が多すぎた。

杏子の体から、すっと力が抜ける。全身で、廉太郎に寄りかかってくる。

「あのね、お父さん。もうちょっとで庭の薔薇が咲くんですよ」

「ああ、そうだな。また咲くな」

純白の、初々しい花嫁のような薔薇だ。風に乗せて、甘い香りを運んでくれる。

「私、家に帰ってもいいですか」

「もちろんだ」

振動が伝わるように、強く頷いた。

「あれは、お前の家なんだから」

カーテンの向こう側が、うっすらと白くなってゆく。廊下で人の動く気配がしても、廉太郎は杏子から手を離すことができなかった。

第八章　尊厳

一

目の前を、タンポポの綿毛が飛んでゆく。うまく風に乗って舞い上がり、ブロック塀をふわりと越えた。廉太郎は腰を叩きながら、それを見送る。

立ったり座ったりの庭仕事は、なかなか足腰にくる。杏子に教わったとおり、つる薔薇の芽かきをしているところだった。

薔薇の新芽は同じ個所から複数出ることがあるため、一番立派な芽だけを残して他を摘み取る。なんだかもったいない気もするが、この作業を行っておくと、残した芽に養分が集中し、枝ぶりも花つきもよくなるという。

そう聞けば、やらざるを得まい。薔薇が咲くのを楽しみにしている杏子に、できるだけたくさんの花を見せてやりたいではないか。

だいたい片づいただろうか。廉太郎は摘み取った芽の詰まったゴミ袋の口を縛り、首に掛けたタオルで額を拭く。ゴールデンウィークが近いとあって、日中外で作業をしていると、うっすら汗ばむ陽気である。己の体から、日溜まりと土のにおいが立ち昇る。

縁側を振り返ると、開け放したサッシ窓の向こうから、杏子が介護ベッドに凭(もた)れたままこちらを見ていた。廉太郎は照れたように頬を搔く。

腹水がある程度治まるのを待ってから、杏子は家に帰ってきた。今では二十四時間対応の在宅緩和ケア充実診療所と、訪問看護ステーションから、医師や看護師が連携して往診に来てくれる。それから介護保険の申請と、必要な手続きはすべて「熊先生」が教えてくれた。

介護保険は末期がんの患者ならば四十歳から利用可能なはずだが、老人介護を主幹としたサービスのせいか、対応が遅い。ゆるやかな老化とは違い、末期がんは病状の進行が速いというのに。

ケアマネージャーと面談をした際に、要介護認定の通知がくるまでひと月はかかると言われ、待っていられるものかと介護ベッドを自費でレンタルした。それを縁側に面した居間に置き、杏子の寝室としている。

ここならば、ベッドの背もたれを起こせば庭の様子を楽しめる。気持ちよく晴れた日は雑草の緑すら美しく、遊びに来る蝶や蜜蜂(みつばち)を、杏子は目を細めて眺めていた。

廉太郎は屋外の水道で手を洗ってから、「やれやれ」と縁側に腰掛ける。名も知らぬ鳥が、ギャッギャッギャッと鳴きながら空を横切って行った。この季節の空の青は柔らかく、パステル画めいている。

「ありがとうございます、お父さん」

杏子が廉太郎の背中に向かって礼を言う。囁くような声である。もはやそれが精一杯なのだ。

「なんのなんの。植物の世話をするのは、意外に楽しい」

廉太郎は、努めて明るく受け答えをする。春を迎えた植物の生長は目覚ましく、めきめきと音がしそうな勢いで新芽を伸ばす。手をかけたぶんだけ応えてくれるので、つる薔薇に愛おしさすら覚えていた。娘が二人もいるくせに恥ずかしいかぎりだが、なにかを育てるという喜びを、はじめて知ったような気がする。

「タンポポも、ずいぶんたくさん生えてきたなぁ」

せっかくローンを組んで一戸建てを買ったのに、現役時代はこんなふうに、のんびりと庭を眺めたこともなかった。余裕がなかったのだ。少しでも立ち止まると、同僚たちから置いてゆかれる。そんなことは我慢ならなかった。

杏子がくすりと笑みを洩らす。

「お父さん、黄色い草花はすべてタンポポだと思ってらっしゃるでしょう」

「違うのか」

「タンポポは、あのへんに二株あるだけです。あとはジシバリ、オニタビラコ、あっちの大きいのはノゲシ。どれもキク科ではありますけど」

「詳しいな」

「お父さんが、興味なさすぎるんですよ」

「そうだなぁ。花の名前を覚える暇があれば、一つでも多くのアイデアを捻り出さんといかんかったからな」

通勤の行き帰りでも、道端に咲く野の花に目を留めたことはない。そうやって生き急ぎ、気がついたら七十だ。花の名前でも知っていればなにかに活かせたかもしれないのに、視野の狭いことであった。

「でも、魚の名前には詳しいじゃないですか」

「そりゃあ、釣りをしているからな」

「そういうことですよ」

振り返ると、疲れたのか杏子はとろりと瞼を閉じた。近ごろは少し長めに喋っただけでも体の負担になるようだ。好きな時代小説も読めず、眠っている時間が多くなった。

「そうか。じゃあこれからまだまだ、花の名前を覚えられるな」

きっと庭仕事をするうちに、自然と頭に入ってくるのだろう。

また趣味が一つ増えたと、廉太郎は苦笑する。こうしていつの間にか、一人になる準備が進められている。

二階から階段を下りてくる足音がし、近づいてきた。居間の襖が開き、次女の恵子が顔を出す。

「ねぇ、お昼ご飯うどんで――あっ！」

寝息を立てはじめた杏子に気づき、口をつぐむ。廉太郎は靴を脱いで家に上がり、サッシ窓をそっと閉めた。

大阪で働く恵子は介護休業を申請し、三日前に帰ってきた。要介護状態の家族一人につき、通算九十三日まで取得が可能だという。

「私の我儘のために、そこまでしないで」と杏子は反対したが、「もう取っちゃった」と恵子は平然としていた。

「大学を卒業してからずっと、脇目も振らずに働いてきてさ、縁もゆかりもない大阪に行けって言われても従ったんだから。使える制度は、使わせてもらうよ」

廉太郎たちが在宅緩和ケアに切り替えると決める前から、着々と準備を進めていたらしい。給与の六七パーセントが受け取れる介護休業給付金も申請済みで、さすがに用意周到である。

「それに在宅ケアは我儘でもなんでもないし。お母さんは今まで散々私たちの我儘につき合わされてきたんだから、遠慮しないの！」

口で「やめて」と言ったところで、遠方に住む娘が帰ってきてくれて、杏子だって嬉しくないはずがない。恐縮しながらも、「ありがとうね」と微笑んだ。本当に、人に甘えるのが下手な女である。

「うどん、冷蔵庫にあったか？」

杏子が眠るベッドを気にしつつ、廉太郎は小声で尋ねた。

「ううん。買い物に行こうと思って」

言われてみれば恵子は部屋着代わりのジャージから、黒いシャツとズボンに着替えている。いくら近所とはいえ、いやだからこそ、高校時代のジャージで歩き回るのは恥ずかしいのだろう。

「そうか、俺も行く。ちょっと待ってくれ」

手を洗わねばと、廉太郎は恵子の脇をすり抜けて洗面所へと向かう。

恵子の戸惑いを隠しきれぬらしい返事は、背中で聞くことになった。

「え、うん」

二

最寄りのスーパーまでは、徒歩十五分。米や液体調味料といった重いものについては、これまで宅配サービスを利用してきたそうである。それ以外はちょうどいい運動になるからと、杏子は歩いて往復していた。

美智子や恵子が小さいときは、自転車の前と後ろに補助椅子をつけて二人を乗せ、走り回っていた覚えがある。そんな杏子が自転車に乗らなくなったのは、六十を過ぎたあたりだったか。小さな段差を乗り越えられずに横転し、体の衰えを感じたという。

「お父さんとスーパーなんて、なんだか画期的」

並んで歩道を歩きながら、恵子が乾いた笑い声を立てた。日除けに黒い帽子を被っており、俺も帽子を被ってくればよかったと、廉太郎は頭を撫でる。頭髪が薄くなってから、髪というものがどれだけ暑さ寒さを凌ぐのに役立っていたのか、しみじみと実感できるようになった。

「お母さんが病気になる前は、一度も足を踏み入れたことないんじゃない？」

「一度もは言いすぎだ。めったに、だ」

日が高くなり、道のりを半分も行けばこめかみに汗が流れる。今の時期ならその程度で済むが、真夏にこの往復は骨だったろう。家を買うときに、杏子の意見をちゃんと聞いておけばよかった。

「ハンカチ、いる？」

「ああ、ありがたい」

頭部の汗を見かねたか、恵子が鞄からタオルハンカチを取り出し、渡してくれた。持っていてもいいと言われたので、汗を拭ってから頭に被せる。少しばかり、暑さがマシになった。

お礼代わりに、廉太郎は自販機の前で立ち止まる。「なにがいい？」と尋ねると「カフェオレ」と返ってきたので、買ってやった。自分のためには缶コーヒーを選ぶ。加糖の缶コーヒーは砂糖の塊を飲んでいるようなものだと聞いてから、無糖を選ぶようにしている。

「休みはいつまでなんだ？」

缶のプルタブを引き起こし、ひと口飲んでから尋ねた。恵子のカフェオレはボトルタイプだ。パキッと音を立てて蓋を開ける。

「ひとまず、四十日取った」

「そうか」

杏子の体はもってあと三週間か、四週間。在宅緩和ケア充実診療所の担当医からは、そのように言い渡されている。悲しいことだが四十日もあれば、充分だろう。

そう考えただけでも、ぞっとする。本当にもう、あとがない。

「仕事は、大丈夫なのか」

「なにが？」

「査定で不利になったりはしないか」

杏子の耳に入るかもしれない自宅では、なかなか切り出せなかったことを尋ねてみる。社会人の先輩として、気になっていたことだ。

恵子が必死に、仕事に打ち込んできたことは知っている。もしかすると、いわゆる一般的な家庭は築けないと思い、社会的評価を重視したのかもしれない。それなのに親の介護のために、出世のレールから外れてしまうのではと心配していた。

「一応介護休業の申請を理由に、従業員に対して不利益な扱いをすることは禁じられてるよ」

「そうか」

休まぬことを美徳としてきた廉太郎は、休暇制度に明るくない。不利益を被るのでなければよいと、つかの間胸を撫で下ろす。

「というのは建前で、降格は確実みたいだけどね」

「なんだと！」

廉太郎は目を剝いた。せっかく部長に昇進したというのに。これは思った以上に出世のレールを脱線している。恵子を取り巻く環境は、深刻だ。

「やっぱり休んでいる場合じゃないぞ。仕事に復帰したとたん、閑職にでも回されたらどうするつもりだ！」

そういった例は、いくらでも見てきた。出世コースに乗りたければ、長期入院が必要な病気や怪我すらアウトだ。仕事に穴を開けないということが、サラリーマンの評価としてはなによりも大事なのである。

「平気よ。もしそうなっても、転職するだけ」

「簡単に言うが、今と同等の条件で雇われるとはかぎらないだろう」

「そりゃあね。どうせ転職をするならキャリアアップを目指すわよ」

待遇が今より悪くなることを危惧する廉太郎に対し、恵子の発想は逆だった。一つの会社で勤め上げるのが是とされた時代を生きた廉太郎には、そういった渡り鳥のような働きかたはピンとこない。

「社会はそんなに甘くないぞ」と、つい苦言を呈してしまう。

「そうかもね。でもそんなに甘くない社会を渡ってくために、こっちはスキルを磨いてきたの」

恵子は腰に手を当てて、胸を反らすようにしてカフェオレを飲んだ。卑屈さのない、晴れ晴れとした顔をしている。

「だいたいね、私の職業人生、まだあと二十年以上続くんだから。たった四十日ぽっち休んだくらいがなによ。余裕で巻き返してやるわ」

自信があるのだ。四十日もの休業が、自分のキャリアにとってなんの傷にもならないと知っている。どこに行っても通用するよう、己を磨いてきた結果なのか。仕事に打ち込むモチベーションが「同僚に先を越されまい」だった廉太郎とは、視野がまるで異なっていた。

「それに今は、仕事よりお母さんのほうが大事。お父さんだってそう思ったから、仕事を辞めたわけでしょう?」

「あ、ああ」

それとこれでは、状況が違う。廉太郎の場合は、会社勤めに限界を感じていた。人から求められている実感もなく、虚しさに気づかぬふりすらできなくなって、杏子の病気を言い訳にしたのだ。

もしも杏子の病気が発覚したのが現役時代だったとしたら、自分は介護休暇を取っただろうか。おそらく、休めるわけがないと突っぱねる。そんなものを取って、上司の覚えが悪くなったらどうするんだと。

長年連れ添ってきた妻よりも、己の出世か。口元が、自嘲（じちょう）に歪むのを感じる。

父親が他界したときもちょうど仕事の繁忙期で、時期を選んでくれよと毒づいたことを思い出した。あのときは姉に、目玉が飛び出そうなほど引っぱたかれたっけ。

人口の多い団塊世代は、生まれたときから競争だ。社会に出るとその傾向はいっそう強くなり、勝て勝てと追い回されてきた。その風潮に狂わされたのだと、時代のせいにしたとしても。

それでも俺はやっぱり、ろくでなしだな。

美智子に嫌われるわけだ。ヒステリックに投げつけられた言葉の数々が、腹の底に落ちてくる。家族のために働いているのだと、本気で思い込んでいたものの、けっきょくは自分のことしか考えていなかったのだ。

る。

「どうしたの、お父さん」

立ち止まってしまった廉太郎を、恵子が気遣う。職業人としても人としても、この娘のほうがはるかに上手だ。不甲斐ない父親が気を揉むことなど、なにもないのだと身に染みる。

「いいや。お前はかっこいいな」

思ったままを口にすると、恵子は不審げに眉を寄せた。胸の内にあることを、伝えろと言った張本人のくせに。

「さぁ、急ごう。腹が減った」

廉太郎は飲み終えた缶をゴミ箱に捨て、歩きだす。

スーパーのオリジナルソングというのは、曲調が単純だからか、やけに耳に残る。毎日のように通っているせいで、すっかりサビを覚えてしまった。廉太郎はカートを押しながら、曲に合わせて無意識にそれを口ずさむ。

スーパーというのは、案外面白いところだ。ここにいるだけで物価の動向から気候の変動、季節の移り変わりまでを見ることができる。このスーパーは近隣に競合店がないため価格設定が若干強気だが、鮮度にはこだわっている。

「お、筍が安いな。お前、筍ご飯は作れるか？」

廉太郎は青果コーナーを見渡して、糠の小袋がついた筍に目を留めた。そういえば、今年はまだ食べていない。杏子に鍛えられて味噌汁と簡単な炒め物、それから粥くらいは作れるようになったが、筍の処理のしかたは分からなかった。

「作れるけど、下茹でが面倒」

「そうなのか？」

筍ご飯、若竹煮、土佐煮、青椒肉絲。筍の季節になると、杏子はありとあらゆる筍料理を作ってくれた。それだけでなく大量の茹で筍を、瓶詰めにしてストックしていたものだ。今考えてみればあれは、そうとうな手間だったのだろう。

「お父さんが手伝ってくれるなら、作ってもいいけど」

「そうか、分かった」

廉太郎は頷いて、筍を買い物籠に入れる。食物繊維が多いから、杏子に食べさせてやれないのが残念だ。昼はうどんでいいとして、夜は鶏ささみ入りの粥でも作ってやろう。

そんなことを考えつつ歩き、麺類のコーナーで足を止める。茹でうどんはバラ売りよりも、三玉入りのほうがお得だ。迷わずそれを手に取った。

「二玉でいいんじゃない？」

春菊の袋を持った恵子が、追いついてくる。さらにかまぼこに手を伸ばし、どちらも籠の中に入れた。

「お母さん、あんまり食べられないから。私のを少し分ければいいでしょ」

杏子の食は、どんどん細くなってゆく。うどんの麺なら、三本ほどを食べやすく切ってやれば間に合うだろう。

こんなに食べなくて、大丈夫なのだろうか。よけいに衰弱が進むんじゃないか。不安になり担当医に相談してみると、「逆ですよ」と返ってきた。

「先に病状の進行による衰弱があり、その結果食事の摂取量が低下してくるんです」

だから食べられないし、水も少ししか必要としない。栄養補給のための点滴は、もはやそれを処理できない体には無理をさせるだけだ。かえって胸水や腹水を増悪させたり、全身をむくませ、痰を増やす。

日々衰弱してゆく杏子を見守るのは辛く、せめて点滴くらいはと思っていたが、患者をよけいに苦しめるだけと言われては引き下がるしかない。それがきっと、死に向かってゆくということなのだ。

けれども今日はたまたま気分がよくて、半玉くらいは食べられるかもしれない。廉太郎は三玉入りのうどんをまじまじと見下ろした。

「やっぱり、こっちにしよう。余っても、冷凍しておけばいいんだ」

うどんはやはりひと玉余り、数ヵ月後に冷凍庫から発見されて、廉太郎が一人で啜ることになるのだろう。予想はつくがそれでもまだ、かすかな希望を抱いてしまう。

恵子がふふっと、杏子によく似た声で笑った。

「なんだよ」

「お父さんから、そんな主婦っぽい発言が出る日が来るとはね」

「放っとけ」

「最近のお父さん、意外なことだらけで面白いよ」

ふんと鼻を鳴らし、廉太郎はカートを押す。

「褒めてるのに」と肩をすくめ、恵子が後からついてくる。

背後から、恵子の鼻歌が聞こえてきた。スーパーのテーマソングだ。廉太郎はようやく、自分もその歌を口ずさんでいたことに気がついた。

三

五月に入ると杏子は、体の痛みや倦怠感を訴えることが多くなった。

痛む箇所を温めたり、丁寧にマッサージをすると治まる場合もあるが、もはや非麻薬系の鎮痛薬では痛みがコントロールできないのだろうと、医師から医療用麻薬であるオピオイドを処方されるようになった。

麻薬と聞くと恐ろしい気もするが、痛みがある状態での使用ではドーパミンの放出が抑制され、中毒にはならないという。処方されたのは飲み薬で、ここぞというときに使うのかと思いきや、普通の薬と同様に、決まった時間に毎日飲む。

投与がはじまってしばらくは、猛烈な眠気に襲われていたようだ。それでも三日もすれば、体が慣れたらしい。どうにもできぬほどの眠気は治まり、痛みもうまく抑えられている様子だった。

「本当に、痛くはないのね。我慢してない？」

ゴールデンウィークの最中にもかかわらず現れた美智子が、介護ベッドの傍らに座っている。流しの前に立ち、朝食で使った皿を洗っている廉太郎には、杏子の返答は聞こえない。

「ならいいけど。お母さんは我慢強いから心配よ」

洗ったものをすべて洗い籠に伏せ、手を拭う。杏子が無理をしないよう、目を光らせているつもりだが、廉太郎は美智子に信用されていない。大丈夫だと請け合っても、鼻で笑われるのがおちである。

在宅ケアに切り替えてから、美智子も頻繁に実家に顔を出すようになった。平日のうち二日か三日はやって来て、子供の帰宅に合わせて帰ってゆく。

以前は土日のどちらかに孫たちを連れて来ていたが、男の子が三人もいると騒がしく、近頃は遠慮しているらしい。せめてゴールデンウィークくらいはうちに構わず、家族で過ごしてねと杏子に言い渡されたはず。それでも恵子からオピオイドの投与がはじまったと聞かされて、心配で駆けつけたのである。

「子供たちならテツくんが、鉄道博物館に連れてくって。うん、潮干狩りもしたし、バーベキューもした。水上アスレチックも行ったよ」

孫たちはどうしているのかと、杏子に質問されたらしい。「もうくたくた」と笑う美智子は、頬や鼻の頭が赤らんでいた。晴天続きだったから、日焼けしたのだ。元々の肌が白いぶん、よく目立つ。

美智子が来ると、廉太郎はいたたまれない。孫たちが一緒でなければお隣に避難しなくてもいいのだが、まだ怒っているのか、美智子は廉太郎とは口を利こうとしなかった。なにか伝えたいことがあれば、杏子や恵子に話しかけるふりを装う。

たとえばこんな具合である。

「ところで恵子は。え、知らない？　どこ行ったんだろうね」

「あいつなら、朝のジョギングだ」

「えっ、あの子そんなに体育会系だったっけ。ねぇ、お母さん」

あくまで廉太郎とは目を合わせずに、杏子との会話という姿勢を貫く。やり方が陰湿ではないかと思うが、「いいかげんにしろ」と怒る気力もない。

廉太郎は手早く洗い物を済ませ、居間を突っ切って縁側から庭に出た。

杏子の病状が急変するのが怖くて、このところ釣りにも将棋にも打ち込めない。つる薔薇につきはじめた蕾(つぼみ)の数をたしかめることだけが、日々のささやかな喜びになっている。

おそらく恵子のジョギングも、そういった類いのものだろう。覚悟していたとはいえ、母親が弱ってゆく様を間近に見ていると、疲れが澱(おり)のように溜まってくる。だから体を動かして、鬱屈(うっくつ)を吹き飛ばそうというのだ。

二交代制とはいえ昼夜を分かたず看病しているのに、よくぞ体力が残っているものだ。まだ若いんだなと感心する。

廉太郎も空手の型稽古くらいはやってみようかと思うが、なんとかの冷や水で腰でも痛めてはかなわない。移動補助、入浴の介助、体位変換にマッサージ。介護というのはその多くを、力仕事が占めている。

その点、つる薔薇を愛でているだけなら平和だ。杏子の話ではゴールデンウィークが終わってから咲きはじめるらしいが、今年は花が遅いのだろうか。蕾は膨らんできたものの、ガクの合わせ目がまだ硬そうに閉じている。

今か今かと待ちかねているから、よけいに遅く感じるのかもしれない。担当医から、杏子がいつまで意識を保っていられるか分からないと聞かされては、焦りもする。

さらに苦痛を訴えるようになったら、鎮静剤を使用して意図的に意識レベルを下げ、痛みを感じづらくさせるというのだ。その状態が持続的になれば、たとえ花が開いても認識はできないだろう。

どうか早く咲いてくれ。薔薇の蕾たちに手を合わせ、拝みたい気分だった。

しかしほころびかけた蕾一つ見つけられず、廉太郎はすごすごと縁側へ引き返す。

「あっ！」

杏子の驚いたような声がしたのは、そのときだった。

慌てて居間へと駆け上がる。杏子はベッドの上にはおらず、廊下へと続く襖が開けっぱなしになっている。

廊下に走り出てみると、美智子の肩を借りた杏子が呆然と立ち尽くしていた。

「どうした！」

尋ねる前に、異臭に気づく。杏子の足下には水溜まりができており、温かいほうじ茶に似たにおいがそこから立ち上っている。濡れたパジャマの股間から、ぴちょんと音を立てて水滴が垂れた。

「あ、あああ」

気が動転して、杏子は埒もなく喘ぐばかりである。

トイレに行こうとして、間に合わなかったのだ。状況を察したとたん、廉太郎もまた息が苦しくなった。

居間を杏子の寝室にしたのは、そこが最もトイレから近い部屋だという事情もある。本来の寝室である二階の部屋からでは、行き来ができなかろうと配慮した。

居間ならば廊下に出て、ほんの数歩のところにトイレがある。足腰が弱ってきたとはいえ、これまでは家族が肩を貸せば問題なく用を足せたのに。

ついに、ここまできてしまったか。己の無力に打ちひしがれて、廉太郎は強く目をつぶる。

「お母さん、大丈夫。大丈夫よ！」

いち早く、正気を取り戻したのは美智子だった。杏子の肩を摑み、励ますように揺さぶった。

「私がもたついちゃったの。ごめんなさい」

とっさに出た娘の優しさに、胸を突かれた。杏子は言葉を失うほどショックを受けているのだ。家族が気を落としていては、ますます身の置きどころがない。

「ゆっくりでいいよ。歩ける？　シャワー浴びちゃおう」

腰にしっかりと腕を回し、美智子は杏子を脱衣所へと促す。太った太ったと馬鹿にしてきたその腕が、なにより頼もしく見えた。

「お父さん、あとお願い」

「わ、分かった」

廉太郎は金縛りが解けたように、頷き返す。

雑巾、雑巾はどこだ。しっかりしろ、ぼんやりしている場合じゃない。

迷い子のような泣き出したい気持ちをこらえ、廉太郎は洗面台の下を開けた。

いまいち要領を得ない廉太郎とは違い、美智子はてきぱきと立ち働いた。

杏子に手を貸してシャワーを浴びさせ、着替えを済ませる傍らで洗濯機を回す。それから「ベッドに連れてってあげて」と杏子を廉太郎に託すと、自分はすぐさま廊下に出て、どこかに電話をかけはじめた。

しばらくしてジョギングから帰ってきた恵子は、ドラッグストアの袋を手に提げていた。美智子に言われて買ってきたのだろう。中身は下着に貼りつけるタイプの尿取りパッドだった。

「お母さん、これね、一応着けてたら安心でしょ。うん、念のためよ。蒸れて嫌だったりしたら、やめちゃっていいからさ」

これが紙おむつだったりしたら、よけいに情けない思いをさせることになっただろう。だが下着に取りつける形状は、女性にとっては生理用品で馴染みがあるのか、杏子は案外すんなりと受け入れた。

「お姉ちゃんがいてくれて、よかった」

杏子が眠りについてから、恵子はダイニングテーブルに肘をつき、しみじみとそう言った。

「私だったらびっくりして、なにもできなかったと思う」

恵子が身を置いてきたビジネスシーンに、自分で排泄(はいせつ)の管理ができぬ者はいない。せいぜいが酒に酔って、上から吐き戻すくらいだ。廉太郎と同じく、下の粗相には慣れていない。

「そりゃまぁ一応、子供を三人育ててるからね」

美智子はステンレスのボウルに卵を割り入れ、泡立て器でかき回す。杏子が少しでも食べられるかもしれないと、プリンを作っているのである。

その工程を眺めながら、廉太郎は「たいしたもんだ」と呟いた。

母親の粗相を目の当たりにしてもすぐ体が動き、相手を思い遣ることまでできる。きっとああいうときにこそ、その人が培ってきた人間力というものが出る。

「なによ、いきなり」

カラメルソースを作りながら、美智子は背中で笑った。「お父さん」と呼びかけてしまってから、廉太郎を無視するのはやめたようである。

砂糖の煮詰まる、甘く香ばしいにおいが漂ってきた。日曜の朝によく、杏子がホットケーキを焼いていたのを思い出す。

もう少し眠っていたいのに、階下から漂ってくる甘い香りと娘たちの笑い声。鬱陶しいなと布団を被り、二度寝したあのころの自分に、それが幸せというものだと教えてやれたらいいのに。貴重なものを、ずいぶん取りこぼしてここまで来てしまった。

「美智子も恵子も、すごいよ」

娘たちは自分本位に生きてきた廉太郎とは比べものにならぬほど、強く、優しい。杏子が惜しみなく与えた愛情が、芽吹いてこんなに立派になった。たとえば甘く香る日曜の朝に、たっぷりのハチミツと共に注がれた愛だ。

「母さんに、感謝だな」

あなたを一人にしてごめんなさいと、杏子は泣いた。でも、ちっとも一人なんかじゃない。孤独に押し潰されることもなく、どうにか立っていられるのは美智子と恵子がいるお陰だった。

「えっ、やだ。いきなりどうしたの」

「ちょっと、まだ惚けないでよ」

今さら許されるつもりはないが、娘たちの反応は辛辣だ。いや、彼女らも戸惑っているのか。

「もう、変なこと言うからカラメル失敗しちゃったじゃない」

さっきまで鼻先をくすぐっていた甘いにおいが、焦げ臭いものに変わっている。美智子がぷりぷりと怒っている。

「言いがかりだ」

降参とばかりに、廉太郎は両手を上げた。これから先なにか食べ物を焦がすたび、きっとこの場面が頭に浮かぶのだろう。

いずれ過去になる「今」を、記憶の端に縫い留めた。

四

その夜廉太郎は、介護ベッドの軋む音で目が覚めた。

なにかあったときのために、常夜灯として豆電球はつけてある。ぼんやりとしたオレンジ色の光の中に、半身を起こした杏子の姿が浮かび上がっている。

「どうした。トイレか？」

廉太郎も起き上がり、ベッドの傍らに膝をついた。

夜は廉太郎か恵子のどちらかが、居間に布団を延べて寝ることにしている。トイレのためと、夜中に容態が急変しても対処できるようにである。

当番のときは常に気を張っているせいか、熟睡はできない。恵子がいなければ、早々に体がまいっていただろう。休暇を取ってくれたのは、今にして思えばありがたい。

杏子は介護ベッドの手すりを摑み、両足を床に下ろそうと試みている。薄暗い中では危なかろうと、廉太郎は電灯をつけてから杏子の腋の下に腕を差し入れる。

「よし、そうだ。ゆっくり、ゆっくり」

少しずつ体をずらし、どうにか床に足をつけた。この緩慢な動作では、トイレまで間に合わなくてもしかたがない。

「立てるか？」

体の向きを変えただけで、杏子は廉太郎にぐったりともたれかかってくる。夕飯には美智子が作ったプリンを、美味しいと言って三口食べた。だがそれだけのカロリーでは、立ち上がるのもままならないのだろう。

「しんどいなら、このましていいぞ」

杏子は美智子に勧められた、尿取りパッドを着けている。パッケージを見てみると、二回分の尿が吸収できると書いてあった。

「いいえ、とんでもない」

だが杏子は廉太郎の肩に手を置いて、きゅっと握った。

弱々しい力だ。それでも立つ気なのである。

「分かった。準備ができたら言ってくれ」

発熱しているのか、杏子の腋の下が熱い。無理に引っ張り起こして、気分が悪くなっては困る。呼吸を合わせようと、廉太郎は中腰のまま待機する。

しばらく待ったが、杏子はぜえぜえと息を吐くばかり。不自然な姿勢を取っているせいで、さすがに腰が痛くなってきた。

「ちょっと、悪い」

杏子から手を離し、腰を伸ばす。時計が視界の端に入った。午前二時四十五分だ。

「なぁ、杏子。無理はするな」

自分が眠いからではなく、親切のつもりでそう言った。体力がないのに無理をして、転倒でもすれば一大事だ。抗がん剤治療をした骨は、脆くなっていると聞く。ただでさえ終末が近づいているというのに、骨折などさせられない。

それなのに杏子は廉太郎の肩の代わりに、手すりを摑んでまだ立ち上がろうとする。

「おいおい」

思わずその両肩を摑んで、押し戻していた。

杏子はもう、これ以上は痩せる余地がないほど痩せている。浮き出た頬骨に、皮膚が張りついているだけのような顔を、悔しげに歪ませた。

「もう少しだけ、無理をさせてください」

「そんな掠れた声で、なに言ってるんだ」

変なところで強情な女だ。

困った奴めとため息をつく。すると杏子は廉太郎を、肉が落ちて大きく見える目で睨みつけてきた。

「私だって、分かってるんです。意地を張ったところで、最後には紙おむつだって」

こうしている今もじわじわと生命が削られているはずなのに、瞳は力強かった。生命の核そのものが燃えているのだ。すっかり燃え尽きて散るまでもはや幾ばくもないのに、最後の輝きを見せている。

「それでもギリギリまで、人としての尊厳は捨てたくないんです」

杏子は決意を固めるように、薄くなった眉を寄せた。

廉太郎も、つられて眉間に力を込める。

人としての尊厳を守りたくて、杏子は延命治療を断った。チューブまみれになって、ただ生かされているのは嫌だからと。

けれども人間はたいてい、体か頭のどちらかが先に弱る。両方の電池が切れるように死ねればいいが、そんな人は稀だし、ただの理想だ。

「なぁ、尊厳ある死ってなんだ?」

なんらかの意図があったわけではない。心底分からなくなって、聞いていた。

「人なんてけっきょく垂れ流しで生まれてきて、垂れ流しで死んでゆくんじゃないのか」

たとえそうなったとしても、杏子の尊厳はなにも失われはしない。廉太郎にとっては最高の妻で、娘たちにとっては偉大な母だ。それは決して、哀れむべき死ではない。

「じゃああなた、私の汚れたおむつを替えてくれるんですか」

「ああ。お前が嫌でないのなら」

「嘘ですよ。子供たちのおむつだって、一度も替えたことがないくせに」

辛そうな息の下で、杏子は笑う。喋りすぎたのだろう、瞳からみるみる力が失われてゆく。

「『嫌でないなら』って、嫌に決まってます。恥ずかしいし、いたたまれません。あたりまえでしょう」

手すりを摑んでいた手を膝に置き、うなだれた。尿意を我慢するにも、限度がある。

「もういいです、ここでします。夜中にうるさくして、すみませんでした」

「いいや。あと少しだけ、シモに力を入れておけ」

「えっ？」

怪訝な顔をする杏子の腋と膝の下に、廉太郎は腕を差し入れた。腰の力だけで持ち上げると体を痛めるかもしれないから、全身を使って引き上げる。

「わっ！」

横抱きに抱え上げられて、杏子は慌てて廉太郎の首に腕を回した。

「なにしてるんですか、腰を悪くしますよ」

「このくらいは軽いものだ」

言葉のあやではなく本当に、悲しくなるほど軽かった。釣り帰りのクーラーボックスのほうが、よっぽど重いのではないかと疑うほどだ。

「お姫様抱っこじゃないですか。恥ずかしいですよ」

「なにを照れることがある。他に誰もいないじゃないか」

こんなことは、生涯一度きりの結婚式でもやらなかった。参列した同僚が悪ふざけで「やれ」とはやし立てたが、「できるか」と突っぱねた。

まさか七十にもなって、妻を横抱きにするとは。しかもそれが、少しばかり楽しいなんて。

「大丈夫だ。お前の尊厳は、最後まで俺が守ってやるぞ」

気が大きくなっている。杏子を抱いたまま、どうにか襖に手をかけて開けた。

「あれ？」

廊下が明るい。寝る前に消したはずだと首を巡らせると、電灯のスイッチのところに恵子が佇（たたず）んでいた。

「あ――」

まさかいるとは思わなかった。決まりの悪さに、首回りが熱くなる。

「ごめん、話し声が聞こえたからさ」

恵子もまたいい歳をした両親のスキンシップを見せつけられて、気まずいらしい。取り繕うように、曖昧な笑みを浮かべている。

「いや、違うんだ。母さんを、トイレにな」

言い訳をする声が上ずった。恵子はなにも言わず、先に立ってトイレのドアを開けてくれた。

「どうぞ」

身振りつきで、中へと促される。杏子は羞恥のあまり廉太郎の肩先に顔を埋めたまま、「もう！」と愛らしく怒った。


怒ったり照れたり恥じらったりと、大忙しだったせいか、杏子は用を足すと気を失うように眠ってしまった。

電灯を豆電球のみに戻し、廉太郎はしばらくその様子を見守った。寝息はひどくゆっくりだが、不規則ではない。呼吸困難の症状が出ていないのは救いだった。

恵子も自室に戻り、眠ったらしい。二階からは物音ひとつ聞こえない。

廉太郎はすっかり目が冴えてしまい、音を立てないよう気をつけて、ダイニングキッチンへと移動した。

昂った神経を宥めるために、なにか飲みたい。グラスに氷を入れ、戸棚からウィスキーを取り出した。

ついでに料理のレシピ本が並んだ棚に、立てかけておいたカタログを引っ張り出す。介護用品のリース会社が出している冊子だ。ダイニングセットの椅子に掛けて、パラパラと開く。

あった。ポータブルトイレのページだ。テーブルに置きっぱなしになっていた老眼鏡をかけ、廉太郎は細かい文字を読み取ろうとする。

レンタル料は、月額二千百六十円。ただし排泄物を受けるバケツは買い取りで、こちらも二千百六十円だ。合わせても、さほど高くない。介護保険を使えば一割負担になるのだが、介護認定の通知は依然として届いていなかった。

使えない制度だと苛立ちながら、オン・ザ・ロックを口に含む。スモーキーな香りが鼻に抜け、舞い上がっていた気持ちが落ち着く。柄にもないことをしたものだ。いまだに首筋が熱を持っているのは、酒のせいということにしておこう。

杏子を横抱きにして運ぶのは、娘たちの前では恥ずかしすぎる。ならばせめてと、思いついたのがカタログに載っていたポータブルトイレである。

これなら介護ベッドの脇に置いておけば、移動が楽だ。軽く手を添えてやるだけで、危なげなく用が足せるだろう。

問題は家族の誰かが溜まった排泄物をトイレに流し、バケツを洗わねばならないところか。廉太郎はシモの世話くらいやってやろうじゃないかという気構えでいるが、杏子が嫌がるかもしれない。

グラスの氷がいい音を立てる。貰いもののバカラでシングルモルトを飲みながら、トイレのことで頭を悩ませているのだから笑える。

決めた。いざというときに、あれば助かるのはたしかだ。朝になったら問い合わせの電話をかけてみよう。使うかどうかは、杏子自身が決めればいい。

お届けは、原則的に一週間後。ポータブルトイレのページに折り目をつけて、廉太郎はカタログを閉じる。

だが結果的に、トイレのお届けは間に合わなかった。

五

その翌日から、杏子はベッドから起き上がれなくなった。さらに次の日には意味の通らないことをうわごとで呟くようになり、往診に訪れた担当医に、「いよいよ、あと一週間ほどかもしれません」と耳打ちされた。うわごとは終末期のがん患者に起こりがちの、せん妄という症状である。医師が帰ってからも微睡みの合間にぶつぶつと聞き取れないことを呟いていたが、夜になってから急に「カレーを作らなきゃ」と叫びだした。

「カレーよ、カレー。甘いカレー！」

杏子のカレーはいつも中辛で、甘いカレーなど娘たちが幼かったころにしか作らなかった。もしかすると、昔の幻覚を見ていたのかもしれない。

訴えはしだいに「カレーが食べたい」に変わり、食べられるのかなと首を傾げつつ、恵子が作ってくれた。子供向けの、甘いカレーだ。ベッドを起こしてやっても杏子はすでに自分でスプーンを持つこともできず、廉太郎が食べさせた。

とはいえ、ほんのふた口ほどだ。杏子は「美味しい」と子供のように微笑んで、それからすぐに吐き出してしまった。

「おトイレ」とせがまれて、恥を捨てて横抱きにして連れて行っても、ほとんど出ないようだった。翌日から、美智子が家のことを義母に任せ、実家に泊まり込むようになった。

最後の数日は父と娘たちで、杏子のベッドを取り囲むようにして過ごした。杏子は鎮静剤を使用するまでもなく意識レベルが落ち、とろとろと眠るような状態が続いていたが、恵子がクラシックをかけてやると、心なしか表情が和らいだ。

「反応は返せなくても皆さんが傍にいることは分かっていますから、静かに話しかけたり、触れたりしてあげてくださいね」

看護師にそう言われ、夜もぎゅうぎゅうに布団を敷いて、全員が居間で寝た。その密度は学生時代の合宿を彷彿とさせ、娘たちは珍しく、廉太郎の前で寛いだ表情を見せていた。美智子がラベンダーの香りがするクリームを持ってきており、手分けして全身に擦り込んでやると、杏子は心地よさそうに頬を持ち上げた。

ぼんやりと意識が戻ったときに、リンゴの擂り下ろしを口元に近づけてやると、少しだけ食べた。唇が乾いているのを見ると、脱脂綿に水を含ませてそっと濡らしてやった。水分補給は、その程度で充分だった。

看護師の助言によりおむつはテープタイプのものにしたが、まったくと言っていいほど食べていないのだから、排泄物はほぼ出なかった。少なくとも杏子の考える尊厳は、守られたようである。

「在宅にしてよかったね。病院だと、こんなにべったり一緒にいられないもの」

恵子が介護ベッドにもたれ、歳よりずっと幼い顔でそう言った。母の死を目前に控えていても、娘たちの表情に悲壮感はなく、穏やかに過ごしていた。それは廉太郎も同様で、寝ても覚めても杏子への感謝の思いが湧き上がってくるばかりだった。

家族四人でこんなにも、長い時を過ごしたことがあっただろうか。まるで羊水に包まれているかのように、穏やかで温かい。この優しい時間は杏子からの、最後のギフトに違いなかった。

呼び掛けても反応はなかったが、耳は聞こえているというので、できるかぎり話しかけた。思い出の中の杏子は、いつだって笑っていた。

「ねぇ、お母さんが結婚相手にお父さんを選んだ理由、知ってる?」

ふいに美智子が、そんな質問を投げかけてきた。廉太郎は首を傾げた。

「さぁ。上司の勧めだったからじゃないのか?」

恵子も知っている話だったようで、娘たちは顔を見合わせ、ふふっと笑った。

「お見合いの後の、二回目のデートで定食屋さんに行ったでしょ」

そうだっただろうか。腹が減って、店など適当に選んだ気がする。

「そのとき出てきた鯵の干物を頭から全部食べちゃったのを見て、この人なら長生きしてくれそうだと思ったからだって」

「なんだ、それは」

さすがに冗談だろうと思った。そんな理由で結婚相手を選ぶなんて、欲がなさすぎる。もっとお洒落な店に連れて行ってくれる男も、楽しい会話で盛り上げてくれる男も、探せばきっといただろうに。

「馬鹿だな、母さんは」

「うん、少なくとも男を見る目はなかったね」

美智子に厭味を言われても、べつに腹は立たなかった。みんな笑っていたからだ。仲のよい父と娘ではないけれど、今だけは杏子を気持ちよく送り出してやろうと、心が寄り添い合っていた。


杏子が寝たきりになってから六日目の朝、廉太郎は異様な気配を感じて目が覚めた。縁側の障子越しに差し込む光の柔らかさから、早朝であることはすぐ知れた。

雑魚寝（ざこね）状態の美智子と恵子は、まだ夢の中にいた。違和感の正体が分からぬまま、水でも飲もうと廉太郎は布団の上に身を起こす。それからなにげなく介護ベッドへ顔を振り向けて、ぎょっとした。

杏子が枕に頭をつけたまま、ぱっちりと目を開けていた。真剣な眼差しで、閉まったままの障子戸を眺めている。

「どうした?」と尋ねても、返事はない。廉太郎が立って障子を開けてやると、頬を震わせるようにして微笑んだ。

それっきり、杏子の意識が戻ることはなかった。

しだいに呼吸が浅く、不規則になってゆき、その日の夕方、二人の娘に両側から手を握られながら、静かに息を引き取った。

終章　懺悔（ざんげ）

杏子の葬儀はエンディングノートの希望どおり、こぢんまりとした家族葬にした。費用はかなり抑えられたものの、棺に入れる花を大輪の薔薇と張り込んだので、基本料金には収まりきらなかった。

「そんな無駄遣いをして」と言う、杏子の呆れ顔が頭に浮かぶ。

「まぁ、いいじゃないか」

夫から妻へ、はじめて贈る花だった。

出棺の前に顔の周りを薔薇で埋めてやりながら、廉太郎は心の中で言い訳をした。美智子曰（いわ）く「お母さんの一番のお気に入り」であるワンピースに身を包んだ杏子は、娘たちが丹念に施（ほどこ）した死化粧のせいか、ほんのりと頬を染めていた。

葬儀の間中、廉太郎の心は凪いでいた。杏子が見慣れたその姿を失い、骨となって出てきても、胸に満ちていたのは労（いたわ）りと感謝の思いばかりだった。娘たちも涙ぐんではいたが、その表情は柔らかく、最後に家族水入らずで親密な時を過ごせたのがよかったのだと思われた。杏子の死を、受け入れる準備ができていた。

人の死にはじめて触れる三人の孫たちはそうはいかず、泣き、怯え、驚いていた。長男の颯は特にショックを受け、「間に合わなかった、ごめんなさい」としゃくり上げた。髪はまだヘアドネーションの規定の長さには届かず、美智子の手で一つにまとめられていた。

自分の髪でばぁばの鬘が作れると、信じて伸ばしていたのだろう。廉太郎はおっかなびっくり、その艶やかな頭を撫でた。

「そんなに泣くな。男の子だろう」と言いかけて、そうじゃないと思い直す。身内を失った悲しみに、男も女も関係ない。それに杏子になにもしてやれなかったという無力感なら、廉太郎にもある。

「大丈夫、ばぁばはとても喜んでいた。颯は人の痛みの分かる子だ。お前のその優しさは、必要としている人にきっと届く。謝る必要なんかないぞ」

颯の頭皮越しに、日向のような温もりが伝わってきた。そうだ、子供というのは熱いのだ。未来の可能性を目一杯詰め込んだ、エネルギーの塊だ。とても尊いものに触れている気がして、身が引き締まる。この子はきっと、人を大切にできる大人に育つだろう。思うがままに、伸びればいい。

顔を上げると少し離れたところで美智子が、監視するようにこちらを見ていた。廉太郎が不用意な発言をしようものなら、すぐさま止めに入ろうと身構えていたのである。目が合うと腕を組んで軽く顎を反らせた。「まずまずね」とでも言いたげな態度だった。

「あいつめ」

苦い思いを噛み締めつつも廉太郎は、脇腹が安堵に緩むのを感じていた。


父娘三人と杏子とで、タクシーに乗り込み葬儀場から家へと向かう。

茨城から駆けつけてくれた杏子の兄夫婦は精進落としが済むと間もなく帰り、じっとしていない孫たちも哲和くんと向こうの両親が引き取って行った。廉太郎の姉は足が悪いのと遠方なのを理由に、はじめから弔電(ちょうでん)だけだ。

緊張が緩んだせいか、車の揺れが心地よい。廉太郎はうとうとと目を瞑(つむ)る。

膝に置いた骨壺の、頼りない重みを抱きしめた。そうしていると、まだ杏子の気配が感じられた。腹の中が、ほんのりと温かい。

杏子が見つけた霊園には、見学に行けなかった。埋葬は、少し先送りにしてもいいだろうか。この重みを手放す決意は、まだ当分できそうにない。

「すみません。次の次の角を左に曲がってください」

荷物の多さを理由に助手席に座った恵子が、運転手に指示を出す。目を開けてみるとすでに、自宅の近くを走っていた。

隣に座る美智子は窓の外に顔を向け、流れる景色をぼんやりと眺めている。その胸に抱かれたバッグの中身は遺影だ。家族のアルバムをどれだけ遡(さかのぼ)っても杏子が一人で写っている写真は皆無で、息吹のお宮参りのときの写真を切り取って加工してもらった。だから遺影の杏子は少しだけ若く、頬にもまだ丸みがある。こんな顔だったたっけと新鮮な思いで見返して、もっと撮っておけばよかったと後悔した。あたりまえの日常は、いつか必ず終わるのだから。

タクシーが減速し、家の前に止まる。「払っとく」と言う恵子にひとまず支払いを任せ、廉太郎は助手席側の美智子が降りるのに続く。

「さ、お母さん。帰ってきたよ」

美智子が先に立ち、門扉を開ける。傾きかけの太陽に、庭の緑が照り映えている。あたり前のように母親を迎え入れる美智子の口調に、やっぱり杏子はまだいるのだと、廉太郎は確信した。

支払いを済ませた恵子も降りてきて、廉太郎は娘たちに挟まれ、門をくぐる。甘い香りに誘われて目を遣ったつる薔薇の、根元の雑草が伸びている。

「これを持って、先に入っててくれ」

抱えていた骨壺を恵子に託し、廉太郎は喪服の袖口を折り上げた。

「ちょっと、着替えてからにしなよ」

「すぐ済むから」

気にかかることがあれば、その場でやらねばすっきりしない性質である。家に入って着替えをしたら、立つのも億劫になりそうだった。

この時期の雑草は、放っておくとあっという間に丈が高くなってしまう。雑草についた葉ダニなどが、薔薇に移ったら一大事だ。まめに処理をしているからほんの数本、ちょちょっと摘み取ってしまえばいい。

「お父さんって、案外凝り性よね」

美智子の呆れた声を背中に聞きながら、廉太郎は喪服のままその場にしゃがみ込む。

白い薔薇が、風に揺れる。

なかなか咲かないと焦れていたのが嘘のように、昨日今日の陽気で一斉に花開いた。この暑さでは、喪服が蒸れるわけである。

「ふぅ」

抜いた雑草を一ヵ所に纏め、手を払いながら立ち上がる。廉太郎はやれやれと、強張りかけた腰を叩く。

杏子が息を引き取ってから、まだ三日。そのわりにずいぶん経った気がするのは、通夜に告別式にと準備が慌ただしかったせいだろう。しばらく一人になりたくて、薔薇の前に立ちつくす。薔薇は一点の曇りもなく、白い顔を綻(ほころ)ばせていた。

一人になりたいなんて贅沢(ぜいたく)な願望だと、自分でも分かっている。美智子は今夜中に自宅マンションに帰り、恵子の休暇もあとわずか。しばらくはご近所さんの弔問もあるだろうが、その時期を過ぎれば廉太郎は一人だ。ずっと、一人だ。

可憐(かれん)な薔薇が心配そうに問いかけてくる。「大丈夫ですか。本当に一人でやっていけますか?」捉えどころなく、ふわふわと揺れている。

「ああ、大丈夫だ」

昼の先だけで、声には出さず呟いた。一人でやってゆけるようにと、杏子が残り少ない時間を使ってくれたのだ。任せておけと頷き返す。頭か体、どちらかの自由が利かなくなるまでは、この家で一人で生きていく。

でも、寂しさだけは——。

「どうにも慣れないかもしれないな」

今度は声に出していた。それでも騙(だま)し騙し、どうにか暮らしてゆくのだろうと思った。

飲み下せない苦みが、廉太郎の口元に笑みを刻ませた。

「なにに慣れないって？」

背後から声をかけられて、飛び上がりそうになる。美智子だ。すでにTシャツとジーンズに着替えている。喪服のウエストが合わないと言って安全ピンで留めていたから、早く脱ぎたかったのだろう。

「なんだ、びっくりするじゃないか」

「ぼーっとしすぎ。はい、お塩」

「ああ、ありがとう」

清めの塩を手渡され、そのままポケットに入れる。

「使わないの？」

「いや、まぁ。母さんを祓うみたいでちょっとな」

「清めの塩で祓うのって、死にまとわりついてきた邪気らしいよ。故人のことじゃないみたい」

「そうなのか」

これまで身内から知人まで、葬儀には幾度も出てきたが、塩など渡されないことも多かった。そんなときは杏子が、台所から塩を持ってきてくれたっけ。

「もっとも恵子が塩撒かずに入っちゃったから、家の中もう邪気だらけだと思うけど」

　恵子はそういった迷信に、あまりこだわらないタイプである。

「あいつはなんと言うか、精神力で邪気に勝てそうだもんな」

「そもそも寄ってこないかも」

　本人が聞いていないのをいいことに、好き放題に言って笑う。苦笑に近いとはいえ、美智子が廉太郎に笑顔を見せている。少し前なら考えられないことだった。

「お母さん、薔薇に気づいたかな」

　風に弄ばれる髪を耳にかけ、美智子がしんみりと呟く。落ち着いて喋るときの声は、やはり杏子に似ている。

「ああ。たしかに薔薇を見て微笑んだ」

「そう、よかった。楽しみにしていたもんね」

　薔薇の花が咲いたことに気づいたのは、杏子が息を引き取った日の早朝だ。目を覚ました杏子に促されるようにして、縁側の障子戸を開けたとき。白い花が三輪ほど、初々しくほころんでいた。杏子はたしかに、あれを見たはずだ。

　もしかすると、花が咲くまでは頑張ろうと心に決めていたのかもしれない。いや、きっとそうだったろう。薔薇のお陰で杏子の命は、少しばかり持ちこたえてくれたのだ。

感謝を込めて、花びらにそっと触れてみる。花びらはひんやりしている。寝起きの杏子の耳たぶみたいに。特筆すべき美人などではなかったが、杏子は耳の形が綺麗だった。

「お父さんさぁ」

花びらを撫でる親指に、視線が注がれているのが分かる。美智子がなにかのついでのように提案する。

「一人になっちゃったんだから、月イチくらいでウチにご飯食べにくれば？」

やけに偉そうな口ぶりだ。廉太郎は腹を立てるより先に、驚愕に包まれた。ぽかんと口を開けていると、「なによ」と睨みつけられた。

「いや、いいのかなと思って」

「いいもなにも、定期的な健康診断みたいなものよ。ウチまで来る体力くらい、あるでしょう？」

美智子の家の最寄り駅は駒込だ。少し遠いが、行けなくはない。廉太郎は胸を張り、強がった。

「馬鹿にするなよ」

「そう、よかった。私ももう歳だから、子供三人連れてここまで来るの、疲れるのよねえ」

美智子がわざとらしく頬に手を当て、にやにやと笑う。

しまった、乗せられた。目的は、春日部まで通う手間の削減だ。それでも廉太郎の健康を気遣い、孫たちにまで会わせてやろうと言う。

和解というわけではない。美智子はやもめになった廉太郎に、情けをかけてくれているのだ。その歩み寄りを嬉しいと思う反面、反発したい気持ちも生まれた。

「そんなに疲れやすいなんて、更年期なんじゃないか?」

そう返したとたん、頭の中の杏子が「また余計なことを」と首を振る。穏やかだった美智子の目元も、険しくなった。

「まだ早いわよ」

「だが、気をつけろ。母さんが更年期にはずいぶん悩まされていたからな」

そういうものが遺伝するかどうかは分からないが、母と娘なら体質が似ているはずだ。忠告のつもりで美智子の鼻先を指差した。

「なに言ってんの。お母さんは、更年期ほとんどなかったよ」

「なんだと?」

そんなはずはない。当時の杏子はやけに機嫌が悪く、塞いでいた。情緒が定まらず泣いた痕があったりして、理由を聞くと「更年期だ」と返ってきたのだ。廉太郎は、ならばしょうがないと安堵した。原因が自分じゃないなら、関係ないと。

「ああ、そっか。更年期ってごまかしちゃったんだ」

美智子の表情から険が抜ける。薔薇に目を遣り、哀れむように眉根を寄せた。

「ごまかすって、なにをだ」

「だってお父さん、あのころ浮気してたでしょ」

横ざまに頭を殴られた気がした。頬が強張った自覚がある。美智子が「やっぱり」と、廉太郎をいたぶるように目を細めた。

ほんの短い間だ。もう二十年も前のことだ。相手は経理部にいた、バツイチの契約社員だった。

男女の期間はたしか、半年もなかったはずだ。実は向こうに本命がいた。自分も既婚なのだから、相手を責められるはずもなく、真夏の線香花火みたいな恋だった。

それが杏子に、ばれていた？

「浮気って、母さんがそう言ったのか」

馬鹿みたいに喉が渇く。手のひらの汗を、廉太郎は太股にこすりつける。

「まさか。あのお母さんが娘にそんなこと言うはずないでしょ」

もっともだ。杏子は娘に愚痴など零さない。廉太郎にすら、なにも言わなかった。

「でもお母さんじゃなくても気づくよ。お父さん、あからさまに浮かれてたもの。身なりに気を遣うようになったし、脱衣所に携帯持ち込むし、嗅いだことないシャンプーのにおいさせてるし。脇が甘すぎ」

廉太郎としては、ばれていないつもりだった。家庭を壊す気は一切なかった。それでも当時三十前半だった女は五十手前の廉太郎には眩しく見えて、舞い上がっていたのかもしれない。

「恵子もか？」

「さぁ、どうだろう。あの子は部活だの予備校だので、あんまり家にいなかったから」

もうとっくに過ぎたこと。杏子も骨になってしまった。それなのに、過去の浮気が時限装置のように効いてくる。

「知らなかった」

額に浮いた脂汗を拭う。今さら焦る父親を、美智子は冷めた目で見ている。

「なんだって、あいつは」

気づいていたなら、問い質(ただ)せばいいじゃないか。責めて、詰(なじ)って、泣きわめいて、廉太郎を断罪すればよかったのだ。

「俺が、そうさせなかったのか」

まだまだ血の気の多い年頃だった。自分に非があると分かっていても開き直り、問答無用で怒鳴りつけたことだろう。

「うるさい！　文句があるなら出て行け！　どうせ行くところもないくせに！」

ありありと、想像できる。

「なんだよ。もう、謝れもしないじゃないか」

せめて逝く前にでも、恨み言をぶつけてくれたらよかったのに。そんなこともあったなと、昔話にしてしまいたかった。

乾いた声で、美智子が言う。

「嫌だったんじゃない？　謝られたら、許さなきゃいけないから」

廉太郎は驚いて顔を上げた。まさか、杏子はずっと俺を恨んでいたというのか。

「だって、昔のことだぞ」

「さぁね。関係あるのか知らないけども、お母さんがカレンダーにバツをつけるようになったの、そのころからだよ」

なにかの発作のように、胸元から痛みがせり上がってきた。

いつの間にか癖になっていたという、カレンダーのバツ印。あれは廉太郎との日々を、文字通り塗り潰すためにやっていたのか。夫の不実を責めもせず、恨みつらみを煮詰めながら、一日の終わりに数字の上にバツを施す。今日もどうにか終わりましたと、薄暗い目で微笑みながら。

いや、違う。これはただの想像だ。そんな杏子を、俺は知らない。

廉太郎が知っているのは、カレンダーにマルをつけて、「うん、いいですね」と頷く杏子だ。「あなたを一人にして、ごめんなさい」と、縋りついて泣く杏子だ。「人としての尊厳は捨てたくない」と、意地を張る杏子だ。

どんなに食いしばっても、歯の隙間から嗚咽が洩れた。

息が苦しい。口を開けて大きく喘ぎ、膝から地面に崩れ落ちる。

俺はいったいあいつの、なにを見てきたというんだ。

廉太郎は杏子の代わりに、自分自身を強く呪う。

美智子は背中を丸めて地面に突っ伏す父親に手を差し延べるでもなく、ただその場に突っ立っていた。その後悔を抱えて生きろというメッセージが、否応なく伝わってきた。

すまない、すまない、すまない、すまない。

受け取る相手のいない謝罪を、胸の内で繰り返す。厭きるまで謝罪を繰り返し、ようやく「ありがとう」という言葉が浮かび上がってくる。

この遺る瀬無さはきっとこれから、杏子を思い出すたびに味わうものだ。愛おしさと申し訳なさと恐れと感謝が、ごちゃ混ぜになっていて苦しい。

分かった。俺はこの感情を一人でじっと抱きしめて、残りの生をまっとうするのだ。謙虚に、寂しく、幸せに、お前が「もういいわよ」と迎えに来てくれるまで。

風が吹く。薔薇の甘い香りが廉太郎の首元をふわりと撫でて、広がってゆく。

縁側のサッシ窓が開く音がした。

「ねぇお父さん、白木の位牌ってさ――。えっ、なにどうしたの！」

恵子が珍しく慌てている。

もう一度強く風が吹き、薔薇の香りを空高くさらって行った。

解　説——男性にこそ心して読んでもらいたい感動の一冊

文芸評論家　末國善己

　就職活動の略語である就活をもじった造語〝終活〟は、二〇〇九年八月十四日号から十二月二十五日まで「週刊朝日」に連載された「現代終活事情」（全十九回）で初めて使われた。当初は葬儀や墓、遺産相続が中心だった終活だが、現在では死ぬまでの生活設計、持っている物の整理、認知症になった時の介護の方法、余命宣告や延命治療を望むか否かなど、老後の生活全般を考える概念になっている。終活の認知度が短期間に上がり、終活市場が活性化したのは、少子高齢化と価値観の多様化が進み、誰にも迷惑をかけず死を迎えたいと考える中高年が増えた影響も大きいだろう。

　終活は定年退職の前後から始めるのが一般的なようだが、近年は不慮の事故や急な病気に罹る可能性もあるので三十代、四十代から備えるようにうながす論調も出てきている。

　保険会社の陸上部に所属するシングルマザーが、リオ五輪出場を目指して奮闘する『ウイメンズマラソン』、様々な男を渡り歩く謎めいた女を主人公にした『リリスの娘』などの現代小説から、話すと気鬱が消えると評判の女将がいる居酒屋を舞台にした人情もの〈居酒屋ぜんや〉シリーズなどの時代小説まで、幅広いジャンルを手掛けている坂井希久子が、関心が高まる終活を題材にしたのが本書『妻の終活』である。

主人公で団塊の世代の一之瀬廉太郎は、大学進学のため広島から上京し、就職した製菓会社ではヒット商品を生み、定年退職後も嘱託として働いている。廉太郎は、当時の女性としては珍しく四年制大学を卒業して地方銀行で働いていた杏子と見合い結婚し、長女の美智子、次女の恵子の二女に恵まれ、埼玉県春日部市に一軒家を建てた。三人の息子の母になった長女の美智子は都内在住の専業主婦、IT関連企業で働く未婚の恵子は赴任先の大阪で暮らしている。作中では広島東洋カープが優勝し、天才高校生棋士（藤井聡太と思われる）が活躍しているので、本書が連載された二〇一八年頃の物語となっている。

専業主婦の杏子に家事、育児を任せ、家庭を顧みず仕事に邁進した廉太郎は、ある日、杏子から病院について来て欲しいと頼まれる。杏子は虫垂炎の手術をして二週間前に退院したので、廉太郎は単なる術後の経過観察だと判断し仕事を理由に断った。病院に行った杏子は、そのまま美智子の家に泊まりに行き帰ってこない。これまで家事をしたことがない廉太郎は、食事の用意も、ボタンが取れたワイシャツも直せず途方に暮れてしまう。

しばらくして杏子は美智子を連れて帰宅。廉太郎は杏子の病気は虫垂炎ではなく虫垂がんで、すでにがんが飛び散った播種の状態になり、余命は「もって一年」と宣告されたと告げられる。虫垂がんは珍しい病気で内視鏡での発見が難しく、杏子のように虫垂炎など他の病気の診断中に発見され、見つかった時には進行しているケースも少なくないようだ。

近年、医療、介護の現場では、ＱＯＬ（〝Quality of Life〟、直訳すると「生活の質」）が重視されるようになっている。病気の治療でいえば、効果は高いが副作用が大きく生活に支障が出る薬と、効果は高くないが副作用が少なく普段と変わらない日常が送れる薬があった場合、患者の身体的苦痛や今後も継続したい社会活動なども考慮して治療方針を決めるとＱＯＬが高くなる。恵子も大阪から戻り、家族四人でこれからのことが話し合われるが、保険適用外で高額な治療を望む廉太郎に対し、杏子はＱＯＬの観点から日常生活が送れなくなるような治療を拒み、最期は苦痛を取り除く緩和ケアだけにして欲しいという。最終的に一之瀬家は、杏子の希望をできるだけかなえるという結論に達する。

ここから杏子の終活が始まるかと思いきや、杏子は娘二人と協力しながら、家事がまったくできない廉太郎に料理や洗濯を教え、町内会の活動に参加させるなど、杏子が亡くなった後も一人で生活できるスキルを叩き込んでいくのである。〈居酒屋ぜんや〉シリーズの著者らしく、廉太郎が慣れない手つきで作る美味しそうな料理の数々は、食材や手順が丁寧に解説してあるので、実際に作ってみるのも一興である。

男性は外で働いて生活費を稼ぎ、女性は家庭に入って家事、育児に専念すべきという男尊女卑に凝り固まった廉太郎が、一之瀬家の女性たちに尻を叩かれながら慣れない家事にチャレンジするコミカルなシーンに、溜飲を下げる女性読者は少なくないのではないか。

男女共学で学び子供の頃から男女平等を教えられ、結婚を家と家ではなく、個人と個人の結び付きと考え、初めて見合い結婚と恋愛結婚の比率が逆転したのが廉太郎ら団塊の世代である。まだ男女雇用機会均等法はなく、仕事と家事、育児の両立は制度的に難しく杏子のようにやむなく専業主婦になった女性は多かったが、夫と妻、親と子が友達のような関係になる団塊の世代の家族は、ニューファミリーと呼ばれる新たな文化を作り、父親世代と比べると家事に協力的な男性も多かった。そのため見合い結婚で仕事一筋、家のことは妻に任せ切りという廉太郎は、団塊の世代としては考え方が古いといえる。

共働きが増えていることもあり、最近の若い男性は家事や育児に協力的とされる。ただ二〇二一年十一月に東京都が発表した「男性の家事・育児等参画状況実態調査報告書」によると、配偶者と同居する未就学児のいる子育て世代（男女二千人）の家事、育児、介護にかける時間は、週の合計で女性の方が男性より十時間十六分も長い。新型コロナ禍でテレワークが増加し、仕事以外に使える時間が増加したが、それでも男性が家事などにかける時間は週の合計八時間十分、女性十八時間二十六分なので、在宅ワークでも女性の負担が大きい現実が浮き彫りになった。内閣府が行った「令和3年度性別による無意識の思い込み（アンコンシャス・バイアス）に関する調査研究」では、「男性は仕事をして家計を支えるべきだ」と考える二十代男性は四十一・八パーセント、三十代男性は四十一・三パーセント、「家事・育児は女性がするべきだ」と考える二十代男性は二十三・九パーセント、三十代男性は二十四・七パーセント（すべて「そう思う」と「どちらかといえばそう思う」の合計）なので、まだ男性の意識改革は十分ではない。家事、育児に協力的な男性も増えているのだろうが、廉太郎的な男尊女卑は日本社会に根強く残っているのである。

その意味で廉太郎は、団塊の世代の代表というよりも、世代を超えた日本人男性を象徴する存在といえる。仕事を理由に家族と向き合わず、気づかないうちに溝を広げていた廉太郎は、杏子が余命わずかになったことでようやく家族に寄り添い始める。家事や杏子が愛した薔薇（ばら）の手入れを学ぶ廉太郎から見えてくるのは、日本人男性の弱点なのである。

高度経済成長期に都市部へ定着する人口が増え、新たな都市住人が核家族化を選択したことから、伝統的な血縁、地縁を軸にしたコミュニティが衰退した。その代わりに大きくなったのが、終身雇用という日本型ビジネスモデルが生み出した職縁（社縁）である。学校を卒業して就職したら定年まで同じ会社で働くのが一般的だった廉太郎の世代は、仕事終わりに遊びに行く友人も、結婚する相手も、趣味やスポーツの同好会なども、すべて同じ職場か、広くても同業者団体の人間関係の中にあった。そのため地縁よりも職縁が優先され、町内会、ＰＴＡなどは家事の延長として妻に任せ切りという男性が多かった。だが職縁は、会社が倒産したり、転職したり、定年退職したら否応なくコミュニティから追い出されてしまう。職縁だけを頼りにしていると、何かあった時に、友人も、趣味のサークルも失い、孤独に生きることを強いられてしまうのだ。杏子は、定年退職後も会社に居場所を見つけようとし、それ以外の友人は釣り仲間のガンさんくらいしかいない廉太郎を心配していて、町内会の清掃作業に連れていく。そこで将棋が好きな斉藤さんに声をかけられた廉太郎は、近所の将棋好きのサロンのようになっている斉藤さんの家に将棋を指しに行くようになり、少しずつ職縁から離れた交流の輪を作っていく。

本書は杏子の終活というよりも、廉太郎が独り残された後も、最低限の家事ができ、孤独死しないよう不仲だった娘との仲を取り持ち、新たな縁を作るなど、杏子が廉太郎の終活を促す物語といえる。バブル崩壊から始まる日本経済の長期低迷は、正社員をリストラして非正規社員を増やしたことで職場環境が激変し、企業がコスト削減に走り社内サークルなどへの補助金を減らすなどしたため、かつての地縁、血縁のように、職縁が十分に機能しなくなってきている。その代わりとして注目を集めているのが、アマチュアバンド、同人誌、アイドルやスポーツのファンクラブなど、年齢、性別を超えて同じ趣味の人たちが緩やかに繫がる趣味縁である。職縁から趣味縁に移行して老後の孤立を防ぐ本書のアイディアは新しい考え方なので、現在も職縁を重視していたり、職縁に居心地の悪さを感じていたりする男性読者は、老後の人生を考える時に参考になるように思えた。若い頃は、漫画、ロック、ファッションなどのサブカルチャーに熱中して現代に続く若者文化の基礎を作り、一軒家を求めたことで都市郊外のニュータウン開発が加速し、一斉に定年退職を迎える人手不足への懸念から六十五歳まで継続雇用を促す高齢者雇用安定法が改正されるなど、人口が多い団塊の世代は常に日本社会に大きな影響を与えてきた。著者はマジョリティの終活を題材にすることで、互いに尊重し合える理想的な夫婦、家族のあり方や、どのように生き死んでいくのが美しいかを問い掛けており、着眼点の秀逸さは驚くばかりである。仕事を優先している読者は男女を問わず廉太郎の姿が他人事とは思えないだろうし、子供の世代の読者は父親との距離感が分からず戸惑う娘たちの言動が身近に感じられるなど、世代を超えて共感でき、我が身を振り返る物語になっているのも素晴らしい。

杏子が余命宣告を受け家族と過ごす機会が増えた廉太郎は、杏子が自分の我儘を受け止めながら家事と育児を完璧にこなし、男の子らしくないと思っていた美智子の息子たちが、それぞれに優しい少年に成長し、ある秘密を抱えたまま仕事をしている恵子が、終身雇用にとらわれず個人の能力で社会を渡る覚悟をしていることを理解する。新たな経験で常識を揺さぶられ家族の真意も知った廉太郎は、家族に自分の価値観を押し付けていたことを痛感し、謝罪も感謝もしてこなかった過去を悔いる。この深い感動を与えてくれる展開は、終活は人生を総括し、その反省を踏まえて今後を考えることであり、それは単なる死の準備ではなく、今を幸福に生きるためにも必要だと気付かせてくれるのである。

日本人は家族は黙っていても分かり合えると考えがちだが、少ない言葉が誤解を生み取り返しのつかない事態に陥ることもある。傲慢で女性を見下していた廉太郎は、言葉を尽くして家族と話し対立を乗り越えて理解を深めるが、杏子が生きていたらもっと幸福な老後が送れただろう。廉太郎は人は変わり成長できることを読者に教えてくれると同時に、見習ってはいけない点も多い反面教師でもある。それだけに廉太郎のどこを学び、どこを改善するかを考えることが、本人も家族も幸福になる終活の第一歩になるはずだ。

（この作品『妻の終活』は、令和元年九月、小社から四六判で刊行されたものです）

一〇〇字書評

切り取り線

購買動機（新聞、雑誌名を記入するか、あるいは○をつけてください）	
□（　　　　　　　　　　　）の広告を見て	
□（　　　　　　　　　　　）の書評を見て	
□ 知人のすすめで	□ タイトルに惹かれて
□ カバーが良かったから	□ 内容が面白そうだから
□ 好きな作家だから	□ 好きな分野の本だから

・最近、最も感銘を受けた作品名をお書き下さい

・あなたのお好きな作家名をお書き下さい

・その他、ご要望がありましたらお書き下さい

住所	〒				
氏名		職業		年齢	
Eメール	※携帯には配信できません	新刊情報等のメール配信を 希望する・しない			

この本の感想を、編集部までお寄せいただけたらありがたく存じます。今後の企画の参考にさせていただきます。Eメールでも結構です。

いただいた「一〇〇字書評」は、新聞・雑誌等に紹介させていただくことがあります。その場合はお礼として特製図書カードを差し上げます。

前ページの原稿用紙に書評をお書きの上、切り取り、左記までお送り下さい。宛先の住所は不要です。

なお、ご記入いただいたお名前、ご住所等は、書評紹介の事前了解、謝礼のお届けのためだけに利用し、そのほかの目的のために利用することはありません。

〒一〇一－八七〇一
祥伝社文庫編集長　清水寿明
電話　〇三（三二六五）二〇八〇

祥伝社ホームページの「ブックレビュー」からも、書き込めます。

www.shodensha.co.jp/bookreview

祥伝社文庫

妻の終活

令和 4 年10月20日　初版第 1 刷発行
令和 4 年12月15日　　　第 3 刷発行

著　者　坂井希久子
発行者　辻　浩明
発行所　祥伝社
東京都千代田区神田神保町 3-3
〒 101-8701
電話　03（3265）2081（販売部）
電話　03（3265）2080（編集部）
電話　03（3265）3622（業務部）
www.shodensha.co.jp

印刷所　萩原印刷
製本所　ナショナル製本
カバーフォーマットデザイン　芥 陽子

造本には十分注意しておりますが、万一、落丁・乱丁などの不良品がありましたら、「業務部」あてにお送り下さい。送料小社負担にてお取り替えいたします。ただし、古書店で購入されたものについてはお取り替え出来ません。

Printed in Japan ©2022, Kikuko Sakai　ISBN978-4-396-34842-7 C0193

祥伝社文庫の好評既刊

坂井希久子　泣いたらアカンで通天閣

大阪、新世界の「ラーメン味よし」。放蕩親父ゲンコとしっかり者の一人娘センコ。下町の涙と笑いの家族小説。

坂井希久子　虹猫喫茶店

「お猫様」至上主義の喫茶店にはワケあり客が集う。人生、こんなはずじゃなかったというあなたに捧げる書。

恩田　陸　不安な童話

「あなたは母の生まれ変わり」――変死した天才画家の遺子から告げられた万由子。直後、彼女に奇妙な事件が。

恩田　陸　puzzle〈パズル〉

無機質な廃墟の島で見つかった、奇妙な遺体！　事故？　殺人？　二人の検事が謎に挑む驚愕のミステリー。

恩田　陸　象と耳鳴り

上品な婦人が唐突に語り始めた、象による殺人事件。彼女が少女時代に英国で遭遇したという奇怪な話の真相は？

恩田　陸　訪問者

顔のない男、映画の謎、昔語りの秘密――。一風変わった人物が集まった嵐の山荘に死の影が忍び寄る……。

祥伝社文庫の好評既刊

法月綸太郎　二の悲劇

自殺か？　他殺か？　作家にして探偵の法月綸太郎に出馬要請！　失われた日記に記された愛と殺意の構図とは？

法月綸太郎　しらみつぶしの時計

交換殺人を提案された夫が、堕ちた罠――（「ダブル・プレイ」）他、著者の魅力満載のコレクション。

乾　ルカ　花が咲くとき

真夏の雪が導いた謎の老人と彼を監視する少年の長い旅。人生に大切なものが詰まった心にしみる感動の物語。

大崎　梢　空色の小鳥

その少女は幸せの青い鳥なのか？　亡き兄の隠し子を密かに引き取り育てる男の、ある計画とは……。

大崎　梢　ドアを開けたら

マンションで発見された独居老人の遺体が消えた！　中年男と高校生のコンビが真相に挑む心温まるミステリー。

大崎善生　ロストデイズ

恋愛・結婚・出産……。喜びと裏腹な不安を抱える夫と妻は恩師の危篤の報に南仏へ――見失った絆を捜す物語。

祥伝社文庫の好評既刊

柴田よしき　ゆび

東京の各地に〝指〟が出現する事件が続発。幻か？　トリックか？　やがて〝指〟は大量殺人を目論みだした。

柴田よしき　観覧車

行方不明になった男の捜索依頼。手掛かりは愛人の白石和美。和美は日がな観覧車に乗って時を過ごすだけ……。

柴田よしき　貴船菊の白

犯人の自殺現場を訪ねた元刑事。そこに貴船菊の花束を見つけた彼は、事件の意外な真相に気づいてしまう。

柴田よしき　回転木馬

ひたむきに夫を追い求める下澤唯の前に現れる、過去に心の傷を抱えた女性たち……。希望と悲しみが交錯する。

柴田よしき　ふたたびの虹

小料理屋「ばんざい屋」の女将の作る懐かしい味に誘われて、今日も集まる客たち……恋と癒しのミステリー。

柴田よしき　竜の涙　ばんざい屋の夜

恋や仕事で傷ついたり、独りぼっちになったり。そんな女性たちの心にそっと染みる「ばんざい屋」の料理帖。